JN107978

幼な子の聖戦

木村友祐

集英社

目次

写真　リンタロウ
装幀　仁木順平

幼な子の聖戦

幼な子の聖戦

濃くてつややかな赤い花びらが、想像以上に激しく散った。事務所のなかは上も下も、一面、花びらで埋まった。悲鳴を上げる顔、叫ぶ顔、怒鳴る顔。でもそれらの声は不思議と聞こえてこなかった。ただ、魚を捌(さば)いたときみたいな、鉄分を感じさせる生臭いにおいだけはじかに鼻の奥を突いた。そのにおいに逆上し、それまでかろうじて保たれていた冷静さは飛んだ。

叫ぶつもりもないのに叫んでいた。視界に入ったものすべてに右手を突きだし、または振り回していた。手をだせば、そこに必ずだれかがいた。踊りを踊るように足の位置を変え、前後左右に手を振るおれは、すぐに花びらまみれになった。それはいやに温かくて、踊りのステップを踏むたびに赤いお湯をかけられるみたいだった。口に入ったそれはやや酸味があった。その味にさらに逆上した。

自分の行為への反省など入りこむ余地のない、一切が白熱した頭のなかに、それでもあの絵の光景が断片的に浮かんでは消えた。腹のふくれた深海魚や、昆虫や爬虫類や甲殻類だのと人間が合体したみたいな魔物たち。ごっちゃにからまり合ってパニック状態で飛び回る彼らを、色白で優雅な表情をたたえた天使が、細くて長い剣を振るって地獄へ打ち落とす、打ち落とす。このときのおれは、さながらその天使だった。しかし、全身に気品を漂わせたその天使だって、実際は魔物の類いにちがいなかった。

やがて手がぬめった。だれかの胸に三角のそれを突き立てたとき、先端にぶつかった硬い衝撃とともにそれが手からこぼれ落ちた。同時に床全体に積もった花びらのぬめりに足をとられ、尻から勢いよく転んでいた。すぐに上体を起こしてそれを取りに行こうとしたおれに、途端に、顔中赤い飛沫だらけの男たちが何かわめきながら手を伸ばし、一斉にのしかかってきた。

おれは思わず笑っていた。なぜなら、それほどまでに真剣で、ありえないほど必死で、畏(おそ)れさえ浮かべた表情のオヤジどもは、はじめて見たからだった。

I

はじまりは、約ひと月前の六月下旬。村長の蓑田(みのだ)が、三期目の途中で突然辞意を表明したのだった。糖尿病を患い、体に負担のかかる村長職をつづけることができなくなったと説明していたけれど、実際の理由はスキャンダルがバレたからだ。自分が所属する栄民党の国会議員を接待するために、県出身だという無名のグラビアモデルを東京から呼び、裸にバスタオル一枚のモデルを囲んでその国会議員と県議数名と村長が露天風呂に入って酒を飲んだという。

極秘の接待だったはずが、どこかから情報が漏れて、『男性自身』というコンビニでも売られている週刊誌に「ハレンチ村の酒池肉林」という大見出しつきで記事が掲載された。蓑田は「事実無根」だとして辞めるつもりはなかったのだが、地元の新聞に村の女性が書いた「女を接待の具にするような村長はいらない」というタイトルの投書が掲載され、その新聞が役場にはもちろん村の全戸に配られると、その日の午後から役場前に女たちが集まり、村長の行為は明確な女性差別だとして連日抗議の声を上げるようになった。

役場前で集会なんて、おれは生まれてこのかた見たことがなかった。たぶん親の世代の人間も見たことがないだろう。まして、男がやることには「しょうがねぇな」とあきらめるのが習いだった村で、女が女の尊厳を訴えるという事態は前代未聞といっていい。

とはいえ、村議になってこの一年あまり、蓑田の尊大な態度を間近で見てきたおれは、そこまでの騒動になっても辞めるわけないと思っていた。それが意外にもあっさり辞めることになったのは、田舎じゃ国会議員のように知らぬ存ぜぬで切り抜けることはできないと観念したのか、だれかから何か言われたのか。

おれがそれをはじめて知ったのは、「人妻クラブ」のA子に陰毛を剃ってもらった日の夕方だった。人妻クラブというのは、セックスを楽しみたい女を数人の男らで共有する、ごくちいさなサークルのことだ。知り合いから知り合いへの口コミだけで成立しているもので、とくに正式名称はない。おれが勝手にそう呼んでいるだけだ。女にはせいぜいメシ代をおごるくらいのもので、基本的に金銭のやりとりはない。ただし、性行為における相手の要求にはちゃんと応えるべき、という暗黙のルールはある。

おれがまだ村議になる前、東京暮らしを引き上げて村にもどってきたばかりのころだ。親父が会長をつとめる運送会社の事務所の雑用をしていたとき、喫煙所でなんとなく話をかわすようになった経理の武井という男が、クラブのことを教えてくれた。こいつなら話してもいいだろうという勘が働いたのかもしれない。聞いたおれは、まさか、そんな夢のような話があるわけないだろうと怪しみながら、仲間に加わった。東京から弾きだされた敗北感に鬱々としていて、「どうとでもなりやがれ」という思いだった。すると、ほんとうに女たちは、強制でも小遣い稼ぎでもなく、日ごろの鬱憤を晴らすために参加していた。ただ、別の見方をすれば、セックス依存にならざるをえない事情を抱えた女たちに、男たちが群がっている構図ともいえたけれど。

おれがクラブの常連になってから、武井はよく「おなごさ敬意を持だねぇばわがねぇ(ダメだ)」と言っていた。「敬意を忘れずに、ケツ上げさせでドカンとぶちこむのせ」と。武井はクラブがある日は、パンパンになるほど様々な性玩具をつめこんだキャリーケースを引いて出勤していた。

メンバーは今のところ、三十代から四十代の女が三人、男は七人。つまり、ほかの男たちといかがわしい〝兄弟〟になるわけだが、おれとすれば、その汚らしい淫靡(いんび)な感じもふくめておもしろかった。そういう抜け穴のようなものがないと、この村の暮らしに、というより、何かをなしとげることはもうないとわかっている自分の人生そのものに耐えられなかった。

夕飯の支度があるというA子が自分の車で十和田方面に帰るのを見届けてから、おれも親父からのおさがりの車を運転して帰った。運転していてもラブホテルの髭剃り用カミソリで剃られた股間がスースーする違和感が否めなかった。たかが陰毛だが、なければ妙に心もとない気持ちになるらしい。何も自分から剃ってくれと頼んだわけではなくて、いつものようにあっさり果ててしまった一回目の行為のあとで、まだ燃焼しきれていないA子はなんとか二回目に入ろうと、おれのくたくたになった肉塊を復活させようとしていた。そのとき、陰毛に白い毛がまじっているのを発見したA子は「この際、剃ってまったら?」と、いたずらっぽく提案してきたのである。

おれが極度の早漏でもバカにすることのないA子は、年寄りじみたおれの白い陰毛を見ても軽蔑することはなかった。おれより六歳年下の、三十八歳になる彼女は、歳をとることの悲哀を男のおれなんかよりもずっと感じているのかもしれない。小柄でやや太めのA子の局部がつるつるに剃ってあるのにもそういう事情が隠されていたのかもしれないと思えば、こうしてただ遊ぶためだけに会う間柄であっても、切なさや愛おしさが湧いてくる。A子の名前の漢字をおれは知らない。彼女が自分を「エイコ」だと名乗ったとき、漢字を聞いても微笑んだだけで教えてくれなかった。だからおれは「A子」と文字をあてた。エイコが本名かどうかもわからないし、当然、苗字も知らない。けれども、おれを嫌がることのないA子と会っているときだけ心がくつろいだ。最近はA子とだけ遊んでいた。

おれはA子の提案に乗るかたちで、ベッドの上で脚を大きく広げ、折った両膝を腕で抱えて局部を天井に向ける格好になって剃ってもらった。お湯であったためたタオルで蒸して、泡のボディソープを塗ったところを剃っていくA子の慎重な手つきに、はじめは緊張していたおれもやがてすべてをゆだねる赤ん坊の気持ちになって、思わず「ああ。ママァ……」とつぶやいていた。実際の母親は「かぁちゃん」と呼んでいるのにだ。

まだ陽が落ちるまえの明るさが残る道を、陰毛のないおれが車を走らせている。左はタバコ畑、右はヤマイモ畑に挟まれた、山の上にある見晴らしのいい道を走っていると、向こうから軽自動車がやってきた。整髪料でベッタリ前髪をうしろになでつけた男。農協職員の長沼だ。保育園から中学までずっとクラスが一緒だった男で、今でも会えば、保育園時代におれをいじめたときのようにマウンティングしてくる。話せば面倒なので、急いでいるそぶりで車の速度を上げながら会釈して通り過ぎた。長沼はなんのつもりか、ニヤニヤ笑って人差し指と中指をそろえてピッとこちらに向け、ピストルで撃ち抜くようなしぐさをしてみせた。いちいち優位に立ってるとみせたい野郎だ。おれは鼻でせせら笑った。こっちは陰毛剃ってんだぜ、知らねぇだろ。

カーステレオから、昨年の大晦日の紅白歌合戦にでていた女性アイドルグループの曲「トリクルダウン」が大音量で流れていた。

巻かれろ　巻かれろ　大きな力に
アタマの中を真っ白に　抵抗しないで
巻かれろ　巻かれろ　大きなハッピーに
天から降る蜜の雨　君よ飲み干せ

A子に絞りとられてすっからかんになった股間の空洞に、健康な若い雛鳥を思わせる女たちの歌声が響くのがこそばゆい。この世にはハッピーなことしかないのよ、何暗い顔してんのバッカじゃない、という彼女らの天真爛漫な挑発がムカつくが、ムカつくからこそメンバー一人ひとりの顔を浮かべながら股間で聴いている。まさに日本中が、高い支持率に支えられた長期政権の大きな力に巻かれていくさなかのメガヒット曲だった。「蜜の雨」なんか一滴も落ちてはこないのに、みんな嬉々としていつまでも大口を開けて待っている。村長も、村役場の忘年会のカラオケでこの曲を歌っていた。

影が濃くなりはじめた山道のカーブに合わせてハンドルを切っていると、スーツのジャケットに入れていたスマートフォンに着信があった。村議会の議長の駒井からだった。道の脇に車を止めて電話にでると、「ああ、蜂谷(はちや)さん、今だいじょぶだが？」と急いだ口ぶりで聞いてきた。

「村長が、辞任するごどになった。明日、発表する」

「えっ？　ホントですか？　辞めんですか？」

「んだ。おらも先(さき)た聞いだ」

「へぇえ！　あの人は、ゼッタイ辞めねぇど思ってましたけど」

「んだ、おらもそう思ってだ。どったら心変(こころが)わりだが知んねんどもな。んで、問題なのは、次の村長をどうすっかだ」

「え、選挙で決めんじゃないんですか？」

「そうなんども、選挙さなれば、大ごどだのよ。だれさ投票するがで村が割れでまう。なるべぐ穏便に済ますには、おらんどで内々に決める必要があんのよ」

「そういうもんですか」

「んだ。だすけ、これまでずっと、無投票当選で村長が決まってきたんだ。蓑田さんだって、そやって村長つづげできたんだおん。んで、早速（さっそぐ）明日、村議会のあどにみんなで考えてんども、蜂谷さんは、時間だいじょぶだが？」

「ああ、おらはだいじょぶです」


　村のリーダーを自分たちだけで決める。田舎らしいといえばそうだが、国のリーダーが政権をとる党内の選挙だけで決まってしまう日本の政治の縮小版ともいえる。おれが村議になったのも、ふたりいた村議が病死や高齢を理由に辞職して空いたところに、親父が当選確実になるように根回ししておれを押し込んだからだ。「いが（お前）、ぶらぶらしてんだば、村のためになんがやれ」と。選挙費用も親父がだしてくれたけれど、どうせ、自分が興した会社の後継者に長男であるおれを選ばずに、妹の旦那を選んだことがうしろめたかったんだろう。ともかくそんなわけで、村をどうにかしたいというビジョンも気持ちもはじめから持ち合わせていなかったおれでも、人口約二千五百人の村のリーダーを決めるという特権を持っているのだと、このときおれは気がついた。村議という立場がもつ力を感じて、ちょっと恍惚とした。

　翌日、緊急に開かれた村議会で、駒井の言うとおり、蓑田村長は辞任を表明した。理由は持病の糖尿病の悪化だという。スキャンダルのことには一切ふれなかった。いつもの居丈高な態度はなりをひそめ、七十代にしては黒々としていかにも染めたとわかる髪も、随分と白髪が目立っていた。多少憐れみをおぼえなくもないが、議会で村長と鋭く対立してきた協働党の山根がスキャンダルの真偽について問いただすと、その一瞬には蓑田はかつてのふてぶてしい面構えを取り戻し、山根を睨みつけて「そのような事実は、一切ありません」と低く答えた。そしてすぐに自分の席にもどっていった。それ以上だれも追及しなかったのは、どうせ辞めるのだからということと、聞いてもまともに答えないことがわかっていたからだろう。

それからすみやかに次の村長をだれにするかの水面下の検討がはじまった。議長の駒井は、何人か名前の挙がった者のところへすぐに打診しに行った。だが、思いのほか、村長になる責任を負いたがる者は見つからなかった。改善される見込みのない過疎化・少子高齢化に加え、蓑田が強引に決めた役場の建て替えにともなう借金の大きさに尻込みしたのかもしれない。議長含め八人いる村議のなかから出馬する者がでてきてもおかしくなかったけれど、ヘタに議員を辞めて出馬して、村議らの合議に反して村民のだれかが立候補して選挙となり、最低三百万はかかるという選挙費用と労力を消費して落選したら、その痛手は大きい。そんなリスクをとるより、これまでのまま月二十万ほどもらえる議員の給料は手放したくない。村長になれば月に七十万もの給料、退職金も一期四年ごとに一千万もらえるのだとしても、落選したら家が傾くほどの賭けに手をだしたくなかったのだ。

だが、おれに言わせれば、つまりはみんな〝勃起力〟に自信がなかったのだ。おれが親父のお膳立てで村議の補欠選挙にでることになったとき、いくら当選が保証されているとはいえ、さすがにそれなりのカタチは必要だろうと、選挙に関する本を読んだりネットで調べたりした。そのとき目にしたもののなかで「選挙」「投票」の英訳が「election」になることを知り、あれ、なんか聞いたことがあると思って調べたら、「勃起」の英訳が「erection」であることをおれは突きとめた。「l」と「r」の発音のちがいは当然あるだろう、そして語源が近いのかどうかもわからない。とはいえ、ではその英訳の日本語表記はどうなっているのかと辞書アプリで調べてみたら、「選挙」も「勃起」も「エレクション」の見出しで出てきた。日本語表記では、「選挙」も「勃起」も同じ「エレクション」となる——。おれは大いに腑に落ちた。なぜなら、政治という枠組みがそもそも男によってつくられ、男だけで運営してきたものだろうし、選挙期間中に立候補者が盛んに自己アピールをする様子は、男性ホルモンを大量分泌させた勃起状態だといえるのだから。「選挙」とはつまり、「勃起」なのだった。勃起力が試される場なのだった……！

　村長選びが難航するなか、村役場ビルの会議室で行われた三回目の会合で、駒井は「ちょっと、これ見でけんだ」と、ある映像をみんなに見せた。それは、おれの幼なじみの山蕗仁吾(やまぶきじんご)が仲間数人とつくった村のＰＲ部隊「ＪＩＥＮＧＯ自得隊(じえんごうじとくたい)」で制作したコマーシャル映像だった。

　村の温泉施設から出てきて、車に乗ろうとする若い女性に向かって、探検隊風の衣装を着た仁吾が駆け寄り、マイクを向けて聞く。

「おねいさーん、こったら山んながで暮らして、寂しぐないですか？」

「え？　いや、なんも寂しぐないですよ。だって、友だぢいっぺいるし」（と女は笑って周囲の山に目を向ける）

「えっ、友だぢいっぺいるがら寂しぐない？　シカにミミズグにモモンガが友だぢ？」（シカとミミズクとモモンガのアップ）

　そこで仁吾がカメラに向かって誇らかに叫ぶ。

「ほらほら見でみろ、ジ・エンドじゃねぇぞ、慈縁郷！」

　つづけてすぐに次の場面がはじまる。田んぼで耕運機に乗ったおじいさんに向かって、やはり探検隊風の衣装の仁吾が駆け寄り、マイクを向ける。

「おじいさーん、すいませーん。突然ですが、歳はおいくづですか？」

「おらが？　おらは、八十五さなる」

「えっ、八十五歳？」

「んだ」（ヘッヘッとおじいさんは渋く笑う）

「八十五歳でまだ現役？　日本の未来を先取りだ、わがんねぇごどはおらさ聞げ」（おじいさんの鼻毛のでた顔のアップ）

　そこで仁吾がカメラに向かって誇らかに叫ぶ。

「ほらほら見でみろ、ジ・エンドじゃねぇぞ、慈縁郷！」

　映像が終わると、会議室に「いやはや」とちいさな笑いが起きた。「自虐的だべせ」という声も上がるが、その声も笑っていた。駒井も笑いながら立ち上がり、説明した。

「これは、山蕗仁吾さんどいう、精米所の次男坊がつぐったCMだ。去年、県の観光課ど青森毎朝放送が主催した『郷土ラブCM大賞』の準大賞に選ばれで、県内でも放送されだ。『水芭蕉の里』っていう釣り堀ばやってだ若者ってへったほうがわがりやすいが。釣り堀は何年が前にやめでまったんども、それがらも、だれに頼まれだわげでもなぐ、村のごどばおもしろおがしぐ紹介する活動してら。村の聖母マリア伝説ば使ったバスツアーも企画して、毎回全国がら百人以上の参加者ば集めでらづ。まんず、発想がおもしれぇし、人柄もいい。歳はまだ四十四ど若い。さっき見だとおり、ツラもいい。まぁ、ツラぁ関係ねんども、おらは、この人が次の村長にふさわしいど思ったんども、どんだべが。まっと早ぐ思いつげばいがったんども」

一瞬、思案するような沈黙が広がった。ただ、村に唯一あった釣り堀を経営していた者と聞いて、みんなすぐにピンとはきたようだ。

栄民党所属の荒井副議長が咳払いして、遠慮がちに聞く。

「この人は、どっかの党さ入ってんだべが」

「いや、どごさも属してねぇはずだ。だすけ逆に、おらんどの意見ばうまぐまどめでけるど思う」

「蓑田さんは、なんも聞ぐ耳持だねがったがらなぁ」

協働党の山根が嫌みたっぷりに言うと、蓑田と同じ栄民党の田中や木下、荒井や沢井は微妙な顔をし、主民党の下畑、無所属の駒井とおれは笑った。おれよりふたつ年上の下畑は「おらは賛成だ」と言い、

「この人はたいしたもんだよ。釣り堀やりながら、自分で調べで、北海道の一部にしかいねぇイトウの養殖ば成功させだ。しかも、そのイトウば、棒寿司どが、スモークサーモンならぬスモークイトウにしたりして、めずらしい商品ばつぐってった。ほら、釣り堀やめるまでは、村の特産品にもなってだべ」

すると、おれと同じ補欠選挙で議員になった若手の田中が、

「ああ、思いだした。原木栽培したどんこ椎茸さ肉詰めで、そればさらにご飯で挟んだのも開発してましたね。名前がおがしがったな。なんたっけ」

「肉詰めどんこ飯バーガー」

即座におれは答えた。その商品をはじめて見、食べたときの驚きと感嘆を忘れていなかった。

「ハンバーガーの『ハン』に、ご飯の『飯』の字を当てでら」

その説明にほかの村議らはちいさく笑って、あれこれ言いはじめる。

「なぁして、釣り堀やめだんだべが」

「ダア、こったら山んながさ釣り堀あったって、平日は客ぁ来ねんだおん、厳しがべ」

「親父さんの鉄太郎さんが道楽ではじめだ釣り堀ば、この人が継いだんだべ？　そやってせっかぐもり立でだのさな。まだ若ぇのさ、苦労してんだべ。あったらに髪白ぐなってまって」

「村さ帰らねんでそのまま東京の会社さ勤めでだら、出世してだタイプなんだべな」

「うーん。村長さなったら、おもしれぇ新しい風ば吹がせでけるんでながべが」

最後に下畑が言った言葉は、そのままおれの気持ちだった。それらの言葉がでたところで、駒井はあらためて「せば、この山菸さんに声かげでいがべが？」とみんなを見渡し、

「挙手で答えでけんだ。反対の人」

だれも手を挙げなかった。

「賛成の人」

全員が手を挙げた。もちろんおれも挙げた。

「せば、決まりだな。あどは、山菸さんの答え次第だ」

本業は酪農家の駒井が、肉厚の顔をゆるませて言った。

おれもホッとしていた。幼なじみといっても遊ぶ仲間がちがったから、昔も今もとくに交流はない。けれど、仁吾の活動は自然とよく耳に入ってきて、そのつどおれは感心していたのだった。あいつが村長になれば、この村ももっと風通しがよくなるだろうという期待は、本心からのものだった。

ただそれでも、あいつはそうやって、いつだって認められる星のもとにあるんだなと思えば、胸の奥にかすかなしこりを感じざるをえなかった。どこにいても、どこに行っても〝お呼びじゃない〟人間だったおれと仁吾とは、生まれながらにちがうのだ。と、会合が解散したあと、急に腹の調子が悪くなってトイレに入ったおれは、腹のものをひりだしたあとも便器に腰かけたまま考えている。

おれはいつも不思議なのだった。なぜおれはあいつじゃなくておれなんだろうか、と。可能性として、おれがあいつとして生まれてきて、あいつがおれとして生まれてきていたかも

しれないじゃないかと。考えても仕方のないことにちがいないけれど、仁吾の活躍を見聞きするたびに、そう思ってしまう。

あいつは、ひとりで恐る恐る渋谷のクラブに行って、ナンパもできず、朝までひとりで踊って、音楽が終わったときにみんなでワーッと拍手したときだけ一体感に包まれて、それから風呂なしアパートに帰って煎餅布団で寝て、目覚めたら枕元に寝ゲロを吐いてたなんて経験はないだろう。好きになった会社の同僚の女のコが、おれが好意を持ったことに気づいた途端によそよそしくなり、気のせいかと思って距離を縮めようとしたらほかの男には絶対見せないような恐ろしい能面みたいな顔になって拒絶されたこともないだろう。会社に一つしかない男女共用のトイレで、たまたまそのコが入ったあとに入ったらものすごい便臭がたちこめていたなんて経験もないだろう。汚さないように便器に座って小便をしながらおれは、たまたま腹の具合が悪かったのだ、家族でもないのにトイレが一つしかないのがそもそも悪いのだと思いつつ、すれちがったときに彼女がちいさく舌打ちしたことを思いだして悲しくなった。彼女にとっては、生理的に嫌悪感をおぼえるらしいこのおれに腹のなかの臭いを嗅がれたって舌打ちする程度で、深刻な痛手というわけではないのだ。

タウン誌をつくっていたそのちいさな会社は、フリーター生活に行き詰まったおれが、ようやく、ほんとうにようやく、正社員として採用された会社だった。基本給は十八万程度で、フリーター時代の月収より少し多いくらいのものだ。それでも社会保険に入れるし、年に二回のボーナスもある、これでようやく生活を安定させられると心から喜んだのだが、三か月もすると三十代の女社長に、おれの仕事のできなさを連日わめき立てられるようになった。

みんながいる前で、わざわざおれの机の横まで来てだ。常軌を逸したその状況でもだれもかばってくれず、同情のひと声すらかけてくれることもなかった。そのときおれが感じたような孤独と絶望を、あいつは感じたこともないだろう。

剝きだしの太ももに両肘をついてかがんだおれの目には、「自分は無害なおとなしい生きものですよ」とでもいうようにちんまりと丸みをおびておさまっている陰茎と、その根元にポツポツと黒い点状となって生えてきている陰毛が見えている。今、この目に映っている光景——現実。けれど、こんな現実など、テレビや新聞で報じられることもなければ、だれもいちいち話題にすることもない。みんな毎日見ているくせに、ないことにされている現実。おれの存在もそんなものじゃないかと思う。

ほんとうに、見なくてもいいものばかり見てきたと思いながら丹念にウォシュレットで尻を洗った。蓑田が身内の建設業者を儲けさせるために役場を豪勢に建て替えたわけだが、個室のすべての便器にウォシュレットがついたのはよかった。肛門の襞の一つ一つに噴射水があたるように尻の位置をずらし、最後に肛門のなかに水が入るようにしてから、下腹に力を入れて水を押しだす。それから尻の右側を浮かし、下からトイレットペーパーを持った右手を入れて丹念に拭いた。そのときふと、おれは自然にこうしているけれど、ほかの人たちも同じように拭いているのだろうかと思う。股の間から手を入れて拭く人もいるのじゃないか。あるいは尻のうしろから。でも、それをたしかめる機会はないのだろう。他人がどんなふうに尻を拭いているのか、おれらは互いに一生知ることもなく死んでいく。

水を流し、ズボンを穿いてベルトをしめていると、足元に明らかにおれのものではない長い陰毛が二本落ちていた。トイレットペーパーでつまんでトイレに流した。昔からおれは、ラーメン屋のトイレに入ったときなどに、洋式便器のへりについた自分かだれかの陰毛や小便跡を拭きとるのがクセになっていた。次の人が快適に使えるようにという配慮だった。だが、会社で社長にいびられつづけて精神がどうかなっていたときには、大便をして尻を拭いたトイレットペーパーをわからないようにペーパーホルダーにもどすようになっていた。

三日後、仁吾が村長になることを引き受けたと駒井が告げた。これでようやく、村政の私物化に邁進した蓑田とはちがう時代がやってくると、おればかりではなく、ほかの村議全員も期待したにちがいない。

仁吾新村長を誕生させるべく、駒井の主導でどんどんその準備が進められた。まずは、村民に仁吾という人物を知ってもらわなければならなかった。告示前に村長選に向けた演説をすれば「事前運動」として公職選挙法に引っかかる。でも、政治団体をつくれば、告示前でも「講演」や「政治の勉強会」というかたちでの活動が可能になるらしい。そのため、村議全員が発起人として参加して「やまぶき仁吾後援会」という政治団体を立ち上げた。後援会の事務所開きには、商工会議所や自治会の役員、農協役員といった村の中心部をになう人々を呼び、仁吾のお披露目をした。「こったらおらでいいんだべが」と、いかにも素人といった素朴な風情で挨拶した仁吾は、集まったほとんどの人々に好感をもって迎えられ、事務所開きはなごやかな雰囲気に包まれたまま無事に終わった。

そのあとに事務所で開いた内輪の飲み会で、目の前にいてもなかなか声をかけられずにいたおれは、挨拶がわりにビールをつぐという田舎の慣習を利用して仁吾に近づき、言った。

「いやぁ、仁吾。引ぎ受げでもらえで、いがった（よかった）よ。いが（お前）だばやってけるべ」

仁吾の紙コップに缶ビールを傾けつつ、ちょっと馴れなれしかったかと緊張した。けれど、仁吾は幼なじみのおれがいることに安堵したようで、素直に顔をほころばせて言った。

「おお、史郎。いがが頼りだ。おら、なんも知らねぇすけ、いろいろ教えでけろじゃ」

仁吾のその言葉はおれに、村の運営に関してはおれのほうが先輩にあたるのだという驚きをもたらした。そんなことがありえたのだ。髪はかなり白くなっていても、少年のころそのままの邪気のない笑顔だった。この村の先祖はユダヤ人だと昔だれかが書いたらしいが、目も鼻も口も大きい仁吾の顔立ちも、どこか日本人離れしたものを思わせた。

「早速（さっそく）だんども、ちょこっと、聞いでもいいが？」

仁吾はおれの耳元に口を寄せて言った。

「あそごでひとりで座ってる人、あの人も村議が？」

見ると、栄民党所属の木下が、周囲で盛り上がっている会話から外れて、ひとりで椅子に腰かけ、皿に盛った寿司を頬張っていた。歳は五十代半ばで、いつも小意地が悪そうに口をゆがめているのだが、実際口を開けば皮肉めいたことしか言わない。

「んだ、村議だ。栄民党議員の木下さん。村議歴でいえば、議長の駒井さんど、副議長の荒井さんの次に長いんでねぇが。あの人が、どうがしたが？」

「いや、ちょっと独特（どくとく）な人っていうが」

「独特？」

「うん。おらさっき、事務所開ぎの挨拶で、『村長がだれになるがで、山が一個大事に守られもすれば、丸々一個削られもする。おらは村の山を大事に守っていきたい』って言ったべ？　そしたら、そのあどにあの人がやってきて、ニヤニヤ笑いながら『山守ったって、一銭にもなんねがったらしょうがねがべ』って言ってきたった」

「ああ、木下さんだば言いそうだ。根が陰気っていうが。おらは苦手な人だ」

「んだが。いろんた人がいるがらなぁ。さぁ、これがらどんべなんだが」

「なも、仁吾だば大丈夫だ。そう思って、みんなが決めだんだがら」

　飲み会が終わって、ほかの議員たちは家族に車で迎えに来てもらって帰って行ったが、仁吾は歩いて帰るという。家は同じ方向だったし、おれも一緒に帰ることにした。いつもなら、こんなふうに人が集まる飲み会のあとにはひとりになりたいおれだったけれど、酔いのせいもあって、仁吾と急に近づきになれたうれしさのほうがまさったらしい。

　プレハブをレンタルした仁吾の事務所の前には、八戸(はちのへ)方面から延びてきて十和田湖までいたる国道が走っている。その国道の端を、ふたりで足をふらつかせながら十和田湖方面に向かって歩いていった。役場があり、商店がちらほら集まる兵来(へいらい)地区にはアパートも建てられている。村に一個だけの信号もある。いわゆる村の中心エリアだが、そこを過ぎて宮守地区に入ると、周囲はもう田んぼばかりになった。カーブを描く国道沿いには街灯はぽつん、ぽつんとあるばかりで暗く、そのぶんだけ空の星がよく見える。夏も盛りになればうるさいほど響き渡る蛙の声はまだ聞こえてこないけれど、水の流れる音は絶えず聞こえていた。なだらかな山に囲まれ、狭い平地を田んぼや畑として最大限利用しているこの村には、斧辺(おのべ)川の支流である田螺川や逢瀬川といった小川がそれぞれ蛇行しながら流れていて、村を歩いていると大体どこかから水音が聞こえてくるのだった。

そんななかを、飲み会で残った缶ビールを持って仁吾と歩いていると、かすかに思いだすものがあった。小学校の低学年のころは、おれも仁吾の遊び友だちにまじって、街灯の下にやってくるカブトムシやクワガタをとりに行ったこともあった。村はずれの森のなかにある鹿見壺という川淵まで自転車で行って、一緒に釣りをしたり泳いだりしたこともあったのだ、成長して交友関係が固定化される前は。こんなふうに立場が大きく離れていく前は。

忘れていたかつての記憶に心が動かされ、おれより頭ひとつぶんくらい背が高い仁吾と歩く緊張が少しほどけたおれは「疲れだべ」と、隣りの仁吾に自然と言えるようになっていた。仁吾は「ああ、疲れだじゃ」と笑い、片手でネクタイを外してスーツのポケットに入れた。

「村長やるごど政治家になるごどが、一緒だどは思ってねがったがら。政治家になるつもりなんかながったがら、まだあの雰囲気に慣れねぇじゃ」

「わがる。おらも自分が村議だなんていまだに思えねぇし。そったらやづが村議やってでいいのがって話だけど」

「ふふ。いがべ、そっちのほうがふつうの感覚ば保でんでねぇが？　しても今日は、驚いだなぁ」

「何が」

「あやって、村のごどば、村ば仕切ってるオヤジ連中だけで決めでぐんだなって。やべぇなって」

「やばい？」

「んだ。ああいう権力のながさいれば、それがふつうになってまるがら」

それから仁吾は、自分の保育園時代のことを打ち明けてくれたのだった。ほかの子どもと比べて体が大きかったからか、保育園の年長組のとき、いつの間にか自分はガキ大将の扱いになっていた。こっちが何かを指示したわけでもないのに、周囲の者が勝手に自分の機嫌をとってあれこれやってくれる。すると、そうされることを最初は不思議に思っても、だんだんその心地よさが当たり前になって、自分からガキ大将の立場を返上する気持ちにはならなかった。むしろ、言うことをきかないやつをこらしめるようにもなった。仲間たちが理由もなくいじめて泣かせた子どもを、一緒になって笑いながら眺めた。顔を真っ赤にしてワンワン泣く相手に「かわいそうに」という気持ちも起きはしたけれど、それよりも〝強い自分たち〟の優越感にひたる心地よさのほうがまさっていた。

そこまで話すと仁吾は、立ち止まって缶ビールをあおり、煙草に火をつけた。つられておれも煙草を取りだしながら、そのワンワン泣いた子どもはおれじゃなかったのかと思う。

「史郎もそんどぎ、おらんどさ、いじめられねがったが？」

そっとうかがうようにおれを見る。おれは「だったっけ」とごまかした。少なくとも、仁吾に直接いじめられたおぼえはない。

「ひでぇよな。そやって、いじめだほうは、いじめだ相手のごどば忘れでんだよ。もしいじめでだら、ごめんなさい」

仁吾が頭を深々と下げるものだから、おれはあわてて「いいよ」と言った。仁吾はまた歩きだしながら、「何が言いてぇがって」と話をつづけた。

「人ってのは、周りば支配できる上位グループにいるどぎは、目の前で泣いでるやづがいでも、笑って見でられるってごどだよ」

「笑って……？」

「んだ。泣いでるやづを、平気で笑って見でられる。人は、そごまでなれる。んで、今の世の中で起ぎでる格差ってのも、根は同じごどだど思う。地方ど東京の圧倒的な格差だって、それど関係してらべ」

　ふいに政治家らしい口ぶりになった仁吾に、おれは体のなかの血が沸き立つのを感じた。政治家というならおれだってじつはそうなのかもしれないが、やはり芯に持っているもののちがいを感じないわけにはいかなかった。

「日本中の田舎の村が、過疎が進めばいずれなぐなるがもしれねぇってごどは、ハァ三十年も前がら、学者が指摘してんだよ。過疎化ど少子高齢化。若者はみんな東京に吸い取られでぐ。その時々で政治の問題さなったりもしたみてぇだけど、そっから何が改善されだんだべ。口だばみんな、『地方を大事に』ってへるんども、今度のオリンピックだって、結局東京だべ？」

「ああ、おらがいだどぎも、ぼんぼんビル新しぐして、あちこち再開発してったよ。オリンピックさ間に合うようにだべ」

「んだべ。してもまぁ、おらはオリンピック自体いらねぇんども。だぁへば、あったら利権イベント。そもそも、巨大資本の支えがねぇばでぎねぇスポーツ競技ってなんなのよ」

「わがる。だがら選手んどは、スポンサーどが国さ絶対逆らわねぇし、いいように国さも利用されでらよな」

「んだ。自分でそれば疑問に思わねんだべが」

「どうなんだべな」

「それより何より、おらがいちばん許せねぇのは」と仁吾は、ふいに低くドスのきいた声を吐きだした。

「オリンピックが、復興ば食い物にしたごどよ」

よほど腹に据えかねているらしい声音に、おれは少し戸惑う。この村は内陸にあるから、震災のときには沿岸部のような激しい津波被害とは無縁だった。放射性物質もここまでは来なかった。だから、震災の被害のことをテレビやネットニュースで見聞きしても、同じ東北とはいえ、正直、そこまでの切実なものは感じられないままだった。だが、仁吾は震災のことを我がこととして考えていたらしい。その温度差を感じながら、言葉を選びつつ言う。

「福島だっけが。聖火リレーがスタートすんのは」

「んだ、福島だ。なんでもカダヂばりよ。んで、おらんどはコロッと騙されんのよ」

「……んだな」

「この村さも、福島がら来た子どもがいるの、知ってらが？」

「え？　それははじめで聞いだ」

「お母さんに大変なごどがあって、こっちのおばあちゃんどごに引ぎ取られだづ。そのおばあちゃんて、おらの妻が勤めでる『ももんが草履』の社長さんなんだけど。香坂さんっていう」

「へえ」

「その香坂さんなんだよ、新聞さ『女を接待の具にするような村長はいらない』って、蓑田村長を告発する記事書いだのは」

「あっ、その人が。村長が辞任するきっかけつぐったのは」

「んだ。ハァ七十歳で、もどは中学の教師やってだらしいけど、怒らせだらおっかねぇ人だよ。幸い、おらが村長になるごどは応援してくれでるけど」

　その香坂という人を思い浮かべているのだろう、仁吾は愉快そうに笑った。おれもつられて笑った。笑いながら、田んぼと山に挟まれた道のあいかわらずの暗さに、ひとりで歩いていたらもののけにでも出会いそうだと感じている。この暗さへの恐れが想像力を刺激して、数々の妖怪が生まれたのだろうとリアルに思う。

　仁吾はそれからふと大きく息をついて、

「まぁ、そんなこんなで、考えれば考えるほど、絶望的な気持ぢになるよ」

「絶望」と思わずおれはくり返した。ちょっと動揺したのだ。

「まさが、仁吾がらその言葉がでるどは思わながった」

「そうが？」と仁吾は笑った。

「おらは、村さ帰ってがら、絶望ばっかしてるよ。この村どうすんだって。おらが『ＪＩＥＮＧＯ自得隊』だの、あれこれやってんのは、その裏返しだべ。たんだふざげでやってるみてぇに見えるがもしんねぇけど」

たしかにそう見えていたことは口にしない。

「してもなぁ。絶望しきるわげにいがねんだよ、これが」

仁吾は困ったというふうに苦笑をもらし、煙草を持った手で頭をかいた。

「絶望して、ぜんぶ放りだしてまえば、自分は楽になるべども、これがらの人だぢさ問題ば残すごどになるべ。おらには子ども、いねんども、おらは、子どもだぢが、村のごどば誇りに思えるようにしたいんだよね」

「うん」

「そんで、村の爺さまも婆さまだぢも、肩身の狭い思いをしねんで暮らせるようにでぎればいいなど思ってる」

「応援するよ」とおれは思わず言った。そんな率直な言葉を言ったのは久しぶりだけど、不思議と恥ずかしくはなかった。

「いがった。そう言ってもらえで心強いよ。よろしぐ頼むじゃ」

「こちらこそ」

「しても、いざ変えるどなれば、なんたかた抵抗する人もででくんだべなぁ」

「そうがもしんねぇけど。おらは、何があっても味方につぐよ」

そのうちお互いの家に向かう道の分岐点まで歩いてきて、おれたちはがっしりと握手して別れた。仁吾の大きくて骨ばった温かい手の感触が、心にジンと残った。

おれは満ち足りた気持ちだった。仁吾によって新たに作りかえられる村とともに、どうしようもなさの塊だったおれも変わっていくのだと、柄に合わないけれど健全な期待に胸をふくらませていた。その夜は、エロサイトを観ることさえしなかった。
その一週間後だった。突如、仁吾の対立候補として熊倉正治という六十六歳の元役場職員の男が、栄民党県連の支持を受けて立候補することになったのだった。村議の集まりでそんな知らせはなく、気がついたら、副議長の荒井をのぞく栄民党の村議三人と、村の有力者全員が、熊倉候補擁立へと動いていた。あれだけ仁吾を次期村長として持ち上げておきながら、いきなりの手のひら返しだった。

一体何が起きたのか。仁吾の側に残った議長の駒井によれば、慈縁郷と一部を接する南無町出身の名久井岳春という県議が、自分の選挙区の一つとなる慈縁郷の村長選に目をつけたのだという。今後の自分の改選を有利にするために、選挙区である三戸郡の町村（慈縁郷村、斧辺町、竜子町、山王町、南無町、羽地神町）のいずれにも穴があってはならない。国政選挙でも出馬した栄民党議員のために動いてもらうことになるのだから、今から足場固めをしておくことはなおさら重要だ、という策謀だった。その自分都合の策謀のために、栄民党員の木下に秘密裏に接触、村議の離反誘導を依頼したのだという。

自分の出身でもない村のことに、県の議員が上から手を突っこんでくるってなんなのか。さらに納得がいかないのは、駒井の打診を断ったはずの熊倉が立候補することだった。駒井が村長探しをやっていたときに聞いた話では、熊倉は役場に定年までいてもヒラのままで、取り柄も人望もない男ということだった。駒井も村長のなり手がいなくて困り果てた末に試しに声をかけたものの、結果的に断られてよかったと言っていたから、それくらい冴えない人物だということだ。

なぜそんなやつが、と腑に落ちなかったのだが、さらに聞こえてきたいくつかの情報によれば、熊倉が、かつて村長だった男の孫であるという〝村長の血筋〟であり、そういう血筋は、村人たちにはかなり効き目があることを見込まれたらしい。さらに、村長を辞職した蓑田が、名久井に熊倉を紹介したのだという。蓑田の従姉妹が熊倉の妻だからという、単純に縁故を理由にした推挙だった。辞めてまでも自分の影響力を保持したいという、恐るべき権力欲である。ちなみに、名久井は蓑田のスキャンダルとなったバスタオル入浴接待には参加していなかったということだ。

無投票当選となるはずだった仁吾は、話とちがうのだから立候補を取り下げるという選択もあったけれど、負けたら多額の費用がムダになる選挙に応じることにしたという。これで、仁吾対熊倉の一騎打ちになった。

そこでおれはどうしたのか。仁吾には申し訳なさで会いに行くことがまだできていなかったけれど、はじめはもちろん、仁吾の陣営につくつもりだった。ただ、熊倉側についた村議連中や、親父をふくめた村の男たちは、すでに勝負はついたような雰囲気を醸しだしていた。次期県知事とも噂される名久井県議と栄民党県連のバックアップを受け、村の支配者層が支持に回った熊倉に、なんの後ろ盾もない仁吾が勝てるわけがないと。まず熊倉の圧勝だろうと。

大きなクマが一頭の子ヤギをどう仕留めるかとでもいうように、選挙結果をうれしそうに口にする勝ち組の余裕と楽しげな雰囲気に、正直な話、おれの心のどこかが吸い寄せられるのを感じていた。いつだって世の中の回転からひとり取り残されているというひがみを抱えたおれは、自分だけ仲間はずれになりたくないのだった。おれが二十代のころ、クラブにひとりで行って踊ったのもそういうことだった。みんなが楽しい思いをしている世界があるのに、自分だけそれを指をくわえて見ていることが納得できなかったのだ。熊倉圧勝のムードを肌で感じるおれの頭のなかに、いつしか、あの歌のフレーズがぐるぐる回るようになっていた。

巻かれろ　巻かれろ　大きな力に
アタマの中を真っ白に　抵抗しないで

けれど、おれが熊倉側についたのは、そうした羨望のためではなかった。きっかけは思わぬ方向からやってきた。

それは月に一、二度行うあのクラブ活動だった。その日は、山道を入った人目につかない場所にある古いラブホテルに入り、武井から借りた何種類もの玩具でA子の体を大いにもてなした。おれ自身の男としての不足を、体の延長かつ補強としての玩具で補ったのだ。そういう器具の使用を嫌がる女もいると聞いたが、A子は抵抗なく受け入れた。すごかった。きれいも汚いも超えた、暴風のような肉の開花だった。そのA子におれは圧倒され、茫然とし、やがて感動さえおぼえて見とれているうちにおれ自身にも二度目の昂りが訪れるというご褒美までついて、お互いに遊びきったという疲労と充実の余韻に浸りながら部屋を出た。

もはや一滴も出すものがない虚脱と放心のなかで、おれの長年の精の放出は、ただひたすら女体の美しさへの賛美のためにあったのではないかという気持ちになっていた。射精は自己の快楽の最終ゴールというよりも、その美しさにたどりつこうとしてたどりつけない、狂おしいまでの女体賛美のさなかに生じる暴発だったのだ。おお、女体、ああ、女体……！なぜ、女体を見て感じる興奮を劣情とみなすのか。おれらがそれを〝いやらしい〟とみなすから、女体も〝いやらしい〟ものとされるようになったのだ。女体はいやらしくなんかない。いや、むしろ、おれらが〝いやらしい〟と感じて劣情を抱くものこそ、じつは〝美しさ〟だったんじゃないか。〝いやらしさ〟こそが〝美しさ〟だったんじゃないか。

ふとそんな深遠なる哲学的思索にとらわれていると、A子は出口に向かいながらおれの小指を握り、ため息まじりに言うのだった、「このまま、どっか行ってまいたいねぇ」と。まさか、このおれに向かってそんなことを言う女がいるなんて！　もはや微動だにしないはずのおれの股間に、まさかのちいさな反応があった。驚きのあまり一瞬言葉につまっていると、つづけて彼女はうっすら笑って言った、「しても、たまに会うがらいいんだべ？　あんだだぢは、どうせすぐ飽ぎんだおん」。そこまで見透かしていたのかと、おれはうろたえ、さらに何も言えなくなってしまう。男の生理的本質を突き刺す言葉だった。だが、見くびるんじゃないとも思う。だれもがそうだというわけではないのだ。

いつものように、まだ日暮れ前だった。ホテルを出て、性玩具のつまったキャリーケースを引きながら駐車場に向かうと、おれとA子の車を挟むように二台の黒いワゴン車が止めてあるのが目に入った。あれ、ほかにも客がいたのか、するとA子の建物全体を揺るがすような絶叫も聞かれたんじゃないかと苦笑していると、その二台の黒いワゴン車からそれぞれ二人ずつ男が降りてきて、囲まれた。薄緑色の作業服を着た、いかつい体の男たちだった。手には何も持っていないが、一人ひとりの体の厚みが、壁のような圧迫をともなって目の前をふさいだ。作業服の胸元には「朝尾セメント」とオレンジ色の刺繍がしてあった。慈縁郷にあるセメント会社の名前だった。

「ほぉ、さっぱりしたツラして、いいごどしてきたど」

坊主頭で、鼻が大きく、口元がへの字にゆがんだ男が言って、有無を言わせない勢いでおれの肩に腕を回した。その固い腕の筋肉と関節で、首と胸元をきつく押さえこむ。そして、「人のおなごさ手ぇだしてな」と言うなり、おれの腹に拳を繰りだした。A子がアッと息を飲み、おれは「グッ」と息をもらした。だが、拳はおれの腹の表面の肉を震わせただけだった。A子は二人の男に両腕をつかまれながらつれていかれ、ワゴン車の一台の後部座席に乗せられた。ドアが閉まった直後に、一瞬、悲鳴が聞こえたと思った。

坊主頭はなおもおれを離さず、「村議のくせにな、ああ?」と笑いながら、今度はおれの上体を屈みこませ、膝で腹を蹴った。また思わず声をもらしたが、それも腹肉の表面だけにあてる寸止めだった。おれを叩きのめすことは簡単にできるのに、体に傷を残さずに恐怖だけを植えつけようとしているのか。坊主頭はおれのワイシャツの襟をつかんだまま足払いをかけてひざまずかせ、また引き起こしては足払いをかけてをくり返した。糸で吊られた操り人形同然になっているおれは、何が起きているのかわからない。でも、とりあえず痛い思いはまぬがれるかもしれないと一瞬油断すると、それを見透かしたかのように坊主頭は「キッタねぇ精子野郎が」と言いながら片手でおれの後頭部を押さえつけ、掌底（しょうてい）というのか、もう一方の手の腹の部分は鼻の頭に当てて、ギリギリギリと押しつけてきた。鼻の軟骨がつぶされる感覚とともに脳天に痛みが突き上げ、おれは涙目になりながら「イイイッ！」と声を発していた。

そのまま力ずくでA子が乗ったワゴン車につれていかれ、助手席に乗せられた。ほかの男たちは残したまま、坊主頭だけが運転席に乗った。背後の後部座席から、A子が鼻をすすり上げる音が聞こえてくる。だが、うしろを振り向く余裕はなかった。ああもう、おれはこのまま「朝尾セメント」の生コンに詰められて山のなかに埋められるのだと絶望的な気持ちにおちいっていると、背後から「蜂谷さん」と、妙におだやかな、うっすら笑いをふくんだ男の声がした。そのときはじめてうしろを振り返ると、苦しげに目をギュッとつぶり、口にハンカチをあててうつむいているA子の隣りに、スーツ姿の、髪をオールバックにして広い額を見せた細面の男が、背筋を立てて座っていた。まさか。なぜこいつがここにいるのか。村の行事に来たときに何度か見かけた、県議の名久井岳春だった。たしかおれより三つ上と記憶しているから、歳は四十七かそこらだろう。

「どうもハァ、うぢの家内がお世話になったみてぇで」

うぢの家内——。その言葉で、最悪の事態にはまったことが了解された。人妻クラブなのだから相手に旦那はいて当然だが、それがよりによって名久井とは。弁明できる何かがあるかと猛然と考えをめぐらしたけれど、何を言ってもドツボにはまるとしか思えなかった。

「いがんど（お前ら）がこごさ来るのはわがってだがら、部屋さ、隠（かく）しカメラば仕込ませでもらった。ちゃんと、その部屋さ通すように管理人さ話つけでな。前回ど今回の証拠映像、今、モニターで観られるんども、観るが？」

おれは「いえ」とちいさく言って首を振った。前回ということは、股をおっぴろげて陰毛を剃られているところも撮られているのだろう。自分ひとりのときなら興味本位で観てもいいが、今は観たくなかった。

「んだが。人の嫁ばちょす(いじる)度胸があるくせに、自分がへっぺ(性交)してるどごは見たぐねぇってが。ハハァ、まんず、見るに耐えねぇもんだすけな。おらも、あったに汚ねぇへっぺ、はじめで見だ。吐ぐがど思った」

その言葉に、おれは素直に傷ついてしまう。筋力も持続力も、AV男優のようにはいかないのはおれだってわかってる。でもあれは結局ファンタジーじゃないか、だれもがあんなふうにできるわけがないじゃないかと悲しい気持ちにおちいっていると、A子がちいさく鼻で笑ったのが聞こえた。

「あんだも汚ねぇへっぺしてらくせにね。あちこぢで」

名久井は「あ？」と殺気立った声を発し、

「亭主さ恥かがせで、なんが文句あんのがっ」

そう怒鳴るなり、A子の側頭部を拳で殴った。骨が骨に当たるゴッと鈍い音が響いて、A子の押しつぶしたような悲鳴が上がった。体が感電したように硬直する。思わず後部座席のほうに身を乗りだそうとすると、坊主頭が「動ぐな」と言っておれの鼻をつまみ、強引に前を向かせた。鼻がぶっちぎれるかと思うほどの容赦のなさ。泣きたくもないのにまた涙がこぼれてくる。にじむ視界のなかに、フロントガラスの向こうで男たちが笑いながら煙草をふかしているのが見えた。

名久井がフウと息を吐き、悔し泣きのようなA子のすすり泣きが聞こえた。こいつはこんな男だったのかとおれは驚いている。ここまであからさまに女に暴力を振るうやつが次の知事候補ともいわれる県議で、おれらの村長選に手をだしてきているのか。

名久井がこちらのほうに顔を寄せて言った。

「蜂谷さん、さあ、話はこっからだ」

「……」

「この映像ば編集して、あんだのどごだけアップにして、あんだの名前入りでネットさ流してもいいんども。どやす？　いいが？」

「……」

「これ流せば、あんだは村議がら追われるべな。せば、村議の給料もなし、仕事（しごど）もなし、村さいでも、ずっと恥かいで暮らすごどになるべな。あんだのニキビ跡（あど）だらけの汚ねぇケッツのイメージどどもにな。ご家族はそれを見で、どんべ思うべなぁ」

親父のことが真っ先に頭に浮かんだ。家族よりも自分の体面を重視する親父に知られたら、ただじゃ済まないだろう。おれをゴルフクラブで殴り殺して世間にお詫びするくらいのことはやりかねない。それでなくとも、勘当は必至だ。このまま無一物で放りだされたら、おれは生きていけるのか。

「そうなりたぐねんだば、ふたっつ、条件がある。いいが、今がら言うごどは、絶対、だれさも喋んなよ」

「……はい」

「ひとつめ。おらの嫁どこったらごどしてだってごどは、だれさも喋んな。もし一言でも喋れば、あんだはその下顎切り落どされで、谷底（たにぞこ）さ放り投げられるごどになるがもしんねぇ。わがったど」

「……はい」

「んで、ふたっつめだ。これがいぢばん肝心だ。山蕗仁吾の選挙ば、妨害しろ」

「えっ？」

「山蕗の、小中で一緒だった村の幼なじみ全員さ声かげで、熊倉さんに票入れるように動げ。んで、山蕗についで、あるごどないごど、イメージ落どすごどばやれ。そればやりとげだら、今回のごどは、あえで目ぇつぶってやる。本来だば、手足の一本ぐれぇ叩（ただ）っ切ってもおがしぐねぇどごだ。……どんだ？　やるが？」

　顔から血の気が引いていくのがわかった。おれが、仁吾を裏切る。あの夜、がっしりと握手を交わした仁吾を。あれほど応援してもらった村議や村の連中に裏切られて深く傷ついてるだろう仁吾を、さらにこのおれが裏切る……。

「おい。どうなんだ。おらもかなりのリスクば抱（かが）えで喋ってんだ。答（こだ）えによっちゃ、あんだはこの後（あど）、どうなるがわがんねぇぞ」

　ちいさく口を開けたまま声がでない。名久井はすぐそばで息をつめて返事を待っている。それはそうだろう、こんなことがばれたら名久井だって政治家生命は終わるのだから。

　張りつめた空気が極限まで車内に充満したと思ったそのとき、A子がポツリと言った。

「……歯ぁ、折れだ」

するといきなり即座に、

「黙ってろこの」

名久井がうなり、またA子に手をだした。突き飛ばされたA子がドアに激しく体をぶつけ、車が大きく揺れた。おれは耐えられなかった。気がつくと、半分狂ったみたいになって叫んでいた。

「やります！　やりますっ！　だがら、その人に手ぇだすのはやめでくださいっ……！」

2

家にもどったおれは、二階にある自分の部屋で、長い時間畳の上に突っ伏していた。頭のなかに言葉になりきらない思念が浮かんでは消えていった。ただわかることは、もうこの流れからは逃れられないということだった。

下から母が「史郎、ご飯だよー」と呼ぶ声が聞こえた。今はそれどころじゃない。こっちの大変さがわかんねぇのかと腹が立つ。無視してしまいたかったが、七十をこえた母に罪はなかった。ようやくの思いで「いらねーっ」と声を振り絞った。

「なーにー、いらねーのー？」

「いらねーっ」

「ほーん？　どっかで食べできたのがー？」

「いやーっ。食ってねぇけどいらねーがらー」
「ほだのー？　せば、ラップかげどぐがら、あどで食えー」
「わがったー」

非常時なのに子ども時代から変わらないやりとりをして、げっそりと疲労がつのる。親父は熊倉の応援集会に出ていった。妹夫婦はここから車で五分ほどの場所にアパートを借りて住んでいる。いずれ妹夫婦がこの家に入ればおれは出て行くことになるわけだが、今は家にいるのはおれだけだから、ひとりで家にいることの多い母はこうしてあれこれとおれに声をかけてくる。子どものころにおれは親父が些細なことで母に手をあげるのを見てきた。小学生になったばかりのころか、親父が母の髪をつかんで引きずり回しているとき、気がついたらおれは台所の庖丁を持って親父の前に立っていた。母は親父が呆気にとられている隙にその手を逃れ、おれの体を抱きすくめて「やめでけろ、史郎」と言った。そして耳元で泣いた。それから親父がどうしたのかは記憶がない。

ため息ばかりがでた。でも、どんなにため息をついてもまったく気分は変わらず、事態の打開策が浮かぶわけでもなかった。四つん這いになって、額を畳に押しつけてじっとしている。目は開いているがまばたきばかりしている。額には、くっきりと畳の目が刻まれているにちがいなかった。

小一時間ほどそうしていたかもしれない。ふと、何かがおれのなかでゆがむ感覚があった。仁吾を裏切ることに対する申し訳ばかり考えていたおれの心が、むしろ、その裏切りを買ってでるような心境に反転していた。

……いいんだな？　地獄の蓋ば開いで。

そんなつぶやきが浮かんだ。

おらの、底なしの穴ば、解放していいんだな……？

だれにそれを言っているのか自分でもわからない。裏切りを強要する名久井に向けた言葉なのはたしかだが、それだけではなさそうだった。村全体に対するつぶやきかもしれなかった。おれの、この意味なしの、この世のあらゆる意味を吸いこんでしまう虚無の黒い穴を、地上に顕現させる。

心がそう様変わりすると、仁吾に対するおれの気持ちも変わっていた。どこまでも前向きで、一貫して健全な、村のだれをも見捨てず支えようとしている仁吾の態度のすべてが鼻持ちならなくなっていた。仁吾と夜道を歩いて帰ったときの自分を思いだすと、むやみに卑屈だったと思えてきて無性に腹立たしい。

なぁにが絶望だって。とおれは心でつぶやいている。おめぇの絶望なんか、仕送りたっぷりもらってる学生が、退屈持で余して感じる絶望どなんも変わんながべ。子どもらへの責任？　ジジババが肩身狭い思いしねぇように？　山ぁ守る？　へっ。そったらのぁ、ただの自己満足だべ。絶対的に衰退してぐしかねぇこの村で、おらんどにでぎるごどぁ、目の前に食えるもんがあったら食いつぶす、それしかねがべ。未来のごどなんか知ったこっちゃねぇ、所詮おらんど人間は、頭良さそうなふりして、やってるごどぁ目先のごどしか見えねぇ虫ケラど、なんも変わりねんだおん。いがが喋るごどは、おらのこのどうしようもねぇクソみてぇな現実ば、なぁんも、ひとっつも反映してねんだよ。リベラルだがなんだが知らねんども、育ぢのいいやづらが喋るヤワな理想どおんなじだ。ああ、吐き気がする。仁吾よ、いがも苦しんだらどうだっきゃ。あ？　おらど同じように、ドロドロになってのだうぢ回るくれぇ、苦しめばいい。

おれは体を起こし、小学生のときから使っている机に向かい、ノートパソコンを立ち上げた。それからワードを開いて、村民が購読している新聞名「デイリー南部日報」と打ち込み、その横に「号外」と付け足す。そして仁吾に対する非難を書きだそうとして、いきなりつまった。気に入らないという以外に、具体的な短所や欠点が思い浮かばなかったのだ。

脳味噌を振り絞るようにしてなんとか誹謗中傷のネタを見つけだそうとしているうちに、出馬をきめた仁吾の応援に「ももんが草履」という布草履や服をつくる女たちの工房や、やはり女たちが主体となって村の盆踊り「ナニャドヤラ」を継承している「ナニャドヤラ保存会」がついたことを思いだした。そこでひらめいたおれは、キーボードで「大スクープ！女を誘惑する教祖、山蕗仁吾」と打った。これだ、これでいける。何も事実をもとにする必要なんかないのだ。方向がきまると、それに沿って思いつくままに仁吾に関するデマ情報を書きつけていった。

先月下旬の蓑田虎一氏の村長辞任にともない、慈縁郷村では今月下旬にも村長選が予定されている。出馬表明したのは、ともに新人の山蕗仁吾氏（四四歳・無所属）と熊倉正治氏（六六歳・栄民党推薦）だが、デイリー南部日報では山蕗氏の重大なスキャンダルを入手した。なんと、山蕗氏を応援する団体の女たちは、ほとんど山蕗氏のわいせつな毒牙にかかっていたというのだ。

書きはじめると、こんなにも自分に文才があっただろうかと思えるほど、文章がなめらかにでてきた。文句のつけどころがないからこそ、このおれを圧倒せずにはおかない仁吾を貶(おとし)める言葉をつらねることには、これまで感じたことのないような禁断の愉楽があった。もはやふだん気にするような真偽もモラルも気兼ねも一切いらない。ただひたすら仁吾のイメージを落とすことだけに専念すればいい。女たちはどのようにして仁吾の荒れ狂う青大将の犠牲になったか、証言をまじえて書いていく。

「夜が遅くなったから、事務所から私の家まで車で送ってくれるという彼の言葉を信用したんです。でも、車は私の家には向かわずに、どんどん山の奥へ入っていきました。そして、車を止めると、彼は豹変しました。有無を言わさず私に覆いかぶさり、スカートをたくし上げ、その奥に隠された私の固く閉じた秘貝を、彼の焼けた鉄棒のようなアレで無理やりこじ開けたんです。」

女が「秘貝」とか「焼けた鉄棒」なんて言うだろうかと一瞬思ったけれど、いや、これは告発のつもりが教祖に手をかけてもらった信者の悦びを思わず表明してしまったもので、それだけ事態は深刻であることが間接的に読者に伝わるのだと思い、そのままにする。

記事の締めはどうするかと考えていると、東京で出会った妻との間には子どもがいなかったことを思いだした。とはいえ、そんなデリケートなことまでネタにしていいのかと、おれのなかにまだ残っていた配慮が頭をもたげた。だが、もはやあらゆる歯止めを解除するほうへ走りだしたおれは、だからこそタブーを犯すことの残忍さのほうに身をまかせるのだった。相手が傷つくことがわかっているからこそやるのだ。そこで、記事の最後の一文はこう締めくくった。

少子化対策を唱えるくせに、肝心の奥さんにはタネを植えつけない。そんな口先ばかり、イチモツばかりの危険な人物に、次期村長を任せていいのだろうか?

書き終えて、少し手直ししたのち文書を保存した。仕上げに仁吾の写真はないかとネットのなかを探して、「ＪＩＥＮＧＯ自得隊」のホームページに掲載された仁吾の写真をコピーして貼り付けた。あとはプリントアウトして、選挙戦の中盤にでも、運動員を使って深夜に村中に配達させればいい。ハガキに印刷して送れば手間はかからず、配達しているところを見つかる危険はないけれど、スペース的にこの記事の全文は載せられないだろう。この作品は、ぜひとも全文を読んでもらいたかった。

疲労とともに、いい仕事をしたという充実感に久々にひたっていた。次に着手するのは若者向けにツイッターの選挙公報を装ったアカウントを開設することだが、それは今夜のところはまだいいだろう。

パソコン画面に表示された時間は、夜の十一時をすぎていた。飯も食わずに三時間ぶっ通しでやっていたことになる。背伸びしながら思いきり大きなあくびをすると、突然、悪寒にとりつかれたように体が勝手に震えてきた。歯まで小刻みに鳴っていた。ふと恐くなるが、おれはそれを、脳からアドレナリンが大量に噴出したゆえの反応だろうと思った。

やるべきことを見つけた者は幸いである。自分の生命力のすべてをそれに注げるからである。運転する車が渋滞のない直線道路を目的地をめざして突っ走っている状態だ。ひたすら目的地をめざせばいい高揚感と完全燃焼感は、もちろん精神にもいい。輝いて見える人というのは、その状態にいる人だ。一方で、世の中の多くの者が不幸なのは、自分がやるべきこと、生命力のすべてをぶつけてもいいと思えるほどの目的を見つけられないからだ。自分の仕事にどれほどの意味があるのか内心では疑い、常時、体と心が不完全燃焼を起こしたノッキング状態なのだから。

おれはあの夜から、輝いて見える人になった、と思う。世間的には「怪文書」といわれるあのチラシを作成した翌日から、おれは妨害工作のために朝から晩まで駆け回ったのだった。押入れの奥から小学校と中学校の卒業アルバムを引っ張りだして、巻末に記載されたクラスメイトの住所と電話番号を斧辺町のコンビニでコピーした。個人情報がこんなにも簡単に手に入れられることに驚く。今でもそうなのだろうか。

一学年一クラスしかなかった小学校では、クラスメイトは二十五人だった。中学校も、転入生がひとり加わった以外は同じ顔ぶれだ。よそから見れば少ないのだろうが、おれらのときはまだこれだけ生徒がいたのだと感心してしまう。今なら小学校も中学校も、一学年で十人いるかどうかだろう。

おれは「仁吾の幼なじみリスト」を作成し、電話をかけた。本人がいる場合もあったが、電話にでた親が東京や他県で暮らしていると伝えてくることも多かった。案の定だが、村に残っている元クラスメイトは十一人しかいなかった。名久井はそこまで数が少ないとは思わずに、幼なじみの切り崩しをおれに命じたのだろう。自分も過疎の町の出身のくせに、地方の現状に疎いやつだ。あるいは、仁吾に票を入れる可能性が高い人間を確実に潰すという執拗さのためか。ラブホテルの部屋に隠しカメラを設置するくらいだから、それもありうる。その執拗さ、用意周到さで、おれらの村長選にも首を突っこんできたと思えば理屈が通る。ともかく、おれはおれのやることに専念するだけだ。

同窓会にも顔をださず、今までまったく連絡しなかったおれが連絡してきたことに、電話にでた元クラスメイトたちはきまって困惑した態度を示した。けれど、「仁吾の選挙のごとで相談があって」と言うと、仁吾の応援のための相談だと思うのか、乗り気になって会うことに応じた。おれはそれを利用した。もちろん、話の途中で真逆のことを言うわけだが、相手が拒否できなくなるための準備はちゃんとしてあった。

おれのその方法はじつに効果的だった。おれに会うといちいち上下関係を示そうとする、いちばん厄介だろうと思っていた農協職員の長沼でさえ、その手に逆らえなかった。

立候補の届け出の受付が行われる告示日が七月下旬の火曜日にきまり、選挙運動が解禁されるその日まであと一週間というときに、おれは集落をはずれた山道の途中にある、林野整備事業達成記念で建てられた大きな石碑がある場所に長沼を呼びだした。そこは道路から少し下がったところにあって、ちょっとした空き地になっている。だれも訪れる者はいないうえに、石碑の裏側に車を止めれば、通りからはほとんど見えなかった。密談できるような店が村にはないため、考えた末にそこを使うようにしたのだ。

　長沼の車の助手席で話しはじめて三十分、おれは運転席に座った長沼の顔を見ながら腹の底でせせら笑っていた。はじめはいつものように小馬鹿にした態度で接していたくせに、おれが農協の組合長が応援する熊倉陣営の中核にいるとわかったら、コロッと態度を変えたのだ。「こごだげの話だけど、あの組合長、裏切り者は解雇するって言ってらった」と、でまかせで言ったのがてきめんに効いた。長沼は目を見開き、「そんだば……、背に腹ぁかえられねぇな」とすぐに答えたのだ。

　保育園から中学校まで、ずっと仁吾とつるんで遊んでただろうに、友情なんてそんなもんかと憐れむ気持ちにもなる。上下の力関係に固執してきたやつだから、自分より力が上の人間にはすぐに尻尾巻いて、ションベンちびりながら鳴くのだ。ざまぁねぇと内心で唾を吐きかけながら、親身な笑顔で念押しした。

「せば、投票のどぎは、熊倉さんに入れでけるべが？」

　本人はそれがカッコいいと思っているのだろう、あいかわらず整髪料で前髪をうしろになでつけた長沼は、そうあらためて聞かれると、ニキビ跡がたくさん残った顔に困惑した表情を浮かべ、返答につまった。そして、「仁吾さ、申し訳ねぇな」と苦しげに言った。どうせ腹はきまってるくせにと思いながら、やんわりととどめを刺す。

「気持ぢはわがんども。じつは、いがど今日会うごどを、組合長は知ってんだよ。後で結果教えろって言われだ」

「あ？　おらがどっちさ入れるが、教えろってが？」

「んだ。どやす？　無理強いはしねんども、友情をとるが？　奥さんど子どものために、熊倉さんに入れるが？」

「……おらひとりの問題でねぇもんな。熊倉に入れるべ。熊倉がどったらやづだが、なんも知らねんども」

「いがった。せば、これ、今日来てけだ手間賃。奥さんさも、熊倉さんに入れるように言ってけんだ」

おれはスーツの胸ポケットから五千円を入れた封筒を取りだし、手渡した。おれが本気で仁吾の妨害工作をやっているのを見て態度をやわらげた名久井が、運動資金だとして三十万円もくれたのだ。長沼は中身を確認し、ぶっきらぼうに「悪ぃな」と言った。

「くれぐれも、これは絶対、内緒にしてけんだ。バレだら、おらもいがも、捕まってまるすけ」

「わがった。しても、史郎。いが、なぁして、熊倉のほうさ付いだっきゃ。仁吾さうらみでもあったが？」

「おらのごどぁ、どんでもいがべ」

おれは冷たく言い放ち、あからさまに侮蔑の表情を浮かべて長沼を見た。その変化に長沼は面喰らい、頬をピクリと震わせて一瞬怒鳴るべきかどうか迷ったようだったが、おれの背後にいる者たちのことを考えたのだろう、むっすりして何も言わなかった。おれは鼻で笑い、

「せばな(じゃあな)」と言って車を降りた。

自分の車にもどって煙草をふかしながら、長沼の車が通りに出ていくのを見ていた。これで積年の恨みを晴らしたぜと、暗い快感に酔いしれる。

中学校のとき、あいつはおれの机にバレンタインのチョコを入れた。自分が女子からもらったのを入れやがったのだ。見つけたおれは生まれてはじめてチョコをもらったと顔を赤くして、コソコソ何度も机から取りだしては喜びにひたった。これまで女子から特別な感情を向けられたおぼえはなかったが、こっそりとおれの魅力を見ていただれかがいたのだと思い、小学校から同じ顔ぶれの女子が急にかわいらしく見えてきた。その子が姿を現したら、見る目があるねとほめてあげようと思った。だが、そんなおれのほくほくした挙動の一部始終を、長沼は仲間らと見て笑っていたのだ！　休み時間になると、おれは長沼らの最高の餌食になった。その場に仁吾はいなかった。長沼はおれの動作を何度も真似しては、ゲラゲラ腹を抱えて笑っていた。おれのウブな心はズタズタになった。おれにチョコをくれる女子なんかこの世にはいないのだと、身も蓋もない現実に叩き落とされた。

おれは鞄から「仁吾の幼なじみリスト」を取りだし、表になった名前の一覧の「長沼康太」のところに○を書き入れた。これで七人目。拍子抜けするほど順調だった。今のところ男ばかりだが、村に残っている女の幼なじみは少ないし、男さえ押さえれば選挙はなんとかなる。

村の経済や自治に影響のある有力者（男）を押さえれば、その有力者の家族（妻・選挙権のある子ども・同居の父母）はみんな熊倉に票を入れる。名久井をはじめ、熊倉陣営に集まったベテランの栄民党員らはみんなそう言っていた。有力者（男）を押さえれば、本人の家族だけではなく、その親戚筋や、仕事上で関係のある周囲の者（男）とその家族（妻・選挙権のある子ども・同居の父母）も数珠繋がりで票を入れるのだと。それが伝統的といえる選挙戦略の王道だと。その集票システムはかつてのような強固さは期待できなくなったとはいえ、村という狭い地域社会ではいまだに有効だし、国政選挙のときにも活用されるという。

その仕組みはおれにもよく納得できた。だから、仁吾の幼なじみを落とすときには、相手の勤務先や取引先を事前に調べておいて、その会社の社長や組合長や取引先の社長が熊倉を支持していると伝え、熊倉に入れるよう暗にほのめかした。さらに、逆らえば昇進はなくなるかもしれないし、場合によっては仕事を失うかもしれないなどと心配してみせる。自分の生活にじかに影響するとなれば、だれも逆らうことはできなかった。

そうなのだ。仕事、つまり「食いぶち」には、「信念」だの「友情」だのを無効にする破壊力があるのだ。これはこの村だけにかぎった話じゃない。世界共通の真理だ。おれは仁吾の幼なじみを落とすたび、その確信を深めていった。熊倉の事務所によく出入りする、あのときおれを取り囲んだ男らが働く「朝尾セメント」の社長にいたっては、投票用紙にだれの名前を書いたか、写真に撮っておれに見せろと社員全員に伝えたらしい。「公選法違反たって、ばれねばいいんだべ？　『ばらしたやづぁクビにする』って、ちゃんと言っといだし」とも言っていた。その効果はてきめんに表れるだろう。

力のある強いものに巻かれれば自動的に得になる。実際はそんな保証なんかないのだが、多数派に属する安心感は得られるだろう。社会はそんな〝我が身かわいさのシステム〟にもとづいて動いている。けして〝正義〟なんかで動いてるわけじゃない。テレビやネットニュースをちょっと見てみれば、今は日本中がそっちのほうに動いているのがありありとわかる。官僚やマスコミや芸能界はもちろんだが、検察や裁判所までもがそうなっていた。だからおれは、仁吾が負けるのもただの自然の流れだと理解していた。ハハ、虚しいもんだね、と冷笑しながら。

そのとき、口の端を持ち上げて薄く笑うおれの頭の片隅を、かつてのある記憶がよぎっていった。ホワイトボードに描かれたキリンやヘビの絵、それを見てゲラゲラ笑っているおれやほかの参加者たち——。

その記憶はもう二十年以上も前の、東京の外れか埼玉あたりの山のなかの合宿所で行われた講習会の一場面だった。講師は言った。どうしてキリンの首は長いのか。それは神様が、人間を楽しませるためにそう創ったから。人間がキリンの首の長さに感心して愉快な気持ちになる姿を見て、神様も楽しい気持ちになれるからなんです。では、どうしてヘビの姿は、あんなふうにひょろ長くて気味が悪いのでしょう？　それは神様が、人間を驚かそうと思ったから。人間がヘビを見てびっくりする姿を見れば、神様も愉快な気持ちになれるからです。ほかの動物たちも、ユニークな、いろんな姿をしていますね。それもぜんぶ、神様が人間を楽しませようと思って、そうお創りになったんです。

今思いだせば、そんな話を信じるやつがいるかというような子どもじみた説明だった。けれど、世俗から隔絶されたその合宿所にいたときのおれは、その講師のバカバカしい話に大笑いしながら、ふいに激しく心を突き動かされていた。神様は、そんなにもおれら人間のことを想っていたのかと胸が震えたのだ。ちょうどその前の講義では、キリストの受難のエピソードを、無味乾燥な歴史の説明ではなく、親の心子知らずの愚かな人間の罪をたったひとりですべて引き受けようとしたキリストの、人間味のある感動の物語として講師は伝えていて、キリストについての知識がほとんどないために話を鵜呑みにして実際感動したおれの心には、その余韻がまだ残っていたのだ。

そうやってバカみたいに素直に心を動かされたのは、事前に講師が、幼な子のような無垢な心で話を聞くことの大切さをくり返し説いた効果もあっただろう。批判や疑いの心に、人間の心を操る「デーモン」が忍びこむのだと。彼ら教団の者らは、神を実の父親のように語るのと同様、悪魔も実在するかのように語るのだった。自分がいちばん執着を感じるもの、とくに家族にデーモンがつけこむとも言っていた。そして、教団員以外の真理にめざめていない者たちは、すべてデーモンに支配されているのだと説明した。逆にいえば、このおれは、デーモンと戦う選ばれし神の民なのだということだった。東京で大学をでても就職できず、友人も恋人もできず、夜間にスーパーやデパートに棚を設置する日雇いのアルバイトをしていた冴えないおれが、実は選ばれし神の民であり、聖戦の戦士だった。自意識過剰で都会の気取った空気になじめず鬱々としたおれみたいな人間には、これほど自尊心をくすぐるストーリーはないだろう。おれはじつは選ばれし者。まるでマンガかゲームみたいな展開だと当時も思ったが、その話を聞いてから家に帰るために池袋駅の構内を歩くおれの目には、すれちがう人々の全員が、デーモンの側に属する人たちという印象で映っていた。驚いたことに、たしかにみんなが薄汚れて見えたのだ。

池袋で意識調査のアンケートにつかまったことからはじまり、近くのビルにつれていかれて『ブラザー・サン　シスター・ムーン』という、聖フランチェスコの若いときを描いたイタリア・イギリス合作の映画のビデオを見せられた。はじめから宗教への勧誘を前面にだした映像であれば、おれはそのまま帰ったかもしれない。だが、これが心にしみるいい映画だったのだ。既成の宗教の厚塗りに厚塗りを重ねた仰々しい権威とは真逆の、小鳥や野の花や虫たちに神の恩寵を見て自分も裸同然になるフランチェスコに、ほんとうの信仰とはそういうことだろうと納得したのである。それから二日間の合宿に行ったときに、自分たちはアジアで生まれた最新のキリスト教の団体だと打ち明けられた。その団体は、一時期、詐欺まがいの幸福グッズの販売や信者の洗脳疑惑で頻繁に週刊誌ネタになっていたから、おれも聞いたことはあった。おれはそのとき（ハハァ、そういうことか）と苦笑した。（あーあ、まいったね）と。それでもさらに四日間の合宿に行ったのは、神はいる、その重大な秘密は次回明らかにされるという、テレビでよく使われる「つづく」の手法に引っ張られたせいかもしれない。彼らはストーリーテリングというものを熟知していた。

一体彼らがどのように神がいることを示すのか、知りたかった。神がいるなら会ってみたかった。というのも、「神はいる」と言って指し示せるような確固たる証拠がないのと同様に、「神はいない」と言ってはっきり指し示せるような証拠もないからだ。なぜなら、神の思惑は人知を超えているとか、神は常に隠れているとかいえば、民族のちがいでむごたらしい虐殺が起きたり、民間人の子どもが軍の空爆で殺されるという無惨な状況にも、納得はできなくても一応の説明はついてしまうのだから。「神はいる」と彼らが言うなら、その真偽をこの目で見極めてやろうと思っていた。そして、厄介なのは、四日間の合宿に参加しているときのおれは、ずっとそのつもりだったということだ。動物たちのカタチが変なのは、神様が人間を喜ばすためだという話に大笑いしつつ感涙しても、それでも冷静な判断能力は失っていないつもりだった。

その講義のあとの休憩時間、宿舎の外をひとりで散歩しているときだった。道の左手が低い土手のようになっていて、草で覆われたそこに、名前も知らない黄色や白やピンクのちいさな花が咲き乱れているのが目に入った。そのときおれは、おそらく生まれてはじめて、それらの花々を「美しい」と思って見た。ただ視覚的に「きれいなもの」ととらえるのではなく、心に染み入るように、彩り鮮やかなその美しさを胸で感じていたのだった。世界はこんなにも色鮮やかなのかと、驚いて周りの景色を見渡していた。神の想いを感じた途端に、それまで色があってもないもののように見えていた世界は、急に色そのものの光を備えはじめたのだった。

神は、おれらを放置していたわけではなく、つねにちゃんと見ていた。慈しんでいた。たったこの今も――。そう思えたとき、おれは、ふいに体が軽くなったのを感じた。ほんとうにそう感じた。心からの安堵感に包まれて、おれの肩から気づかずに背負っていた重荷がとれたのを感じたのだ。そのとき、ああ、この神との近さが、キリスト教やイスラム教といった一神教の信者の感覚なのだと、はじめて「信仰」というものを体で理解したと思う。神の慈愛を身近に感じて暮らすことは、窮屈というよりも、逆にしあわせな、豊かなことなのかもしれなかった。何より、自分がここにいることのたしかな根拠を持つことができるのだから。

ただ、だからといって、「神はいる」と言い切ることは、まだおれにはできなかった。これだって気のせい、「ストーリー」がもたらした作用なのだという意識はどこかで働いていた。一方で、そういう意識が抜けない自分が、まだ幼な子の心になりきれない、デーモンに心の尻尾をつかまれた罪深い者のようで、やましい気持ちにもなるのだった。

そのまま自分の懐疑心を一つ一つ潰していっていたら、この教団の教祖こそが真の神の化身だとする講師の説明も鵜呑みにして、やがておれは教団の一員になっていただろう。おれがそこを抜けたのは、合宿を終えて東京にもどり、指導員の男と話していたときにおぼえた違和感にあった。男に「神の存在を感じましたか?」と聞かれ、おれは、花が美しいと感じたことを話した。信仰とはいいものだと思ったことも話した。男はうれしそうに身を乗りだして「ほかにもありますか?」と聞いてきた。おれは記憶を探った。宿舎の窓辺のカーテンが風にそよいで静かに揺れているのを見たとき、ふと、不思議な気持ちになったことを思いだした。ただカーテンが風に揺れる、そこにも意味があるのかもしれないと。だが、期待に満ちた顔で見つめる男に対し、それを口にすることはできなかった。なぜなら、おれがそれを言えば、きっと男は「そうです。それこそが神の存在です」と言うことが予想できたからだ。草花が美しく見えること、カーテンが風に揺れること、ただこちらの状態でそう感じるだけかもしれないことのすべてを、おそらくこの人たちは神の存在を証明するものとして持ちだしてくる。この人たちがずっと「秘密は明らかにされる」と言っていたことは所詮教祖のことだったのだ、つまり結局は、見て即座に了解できるような神の実在の確固たる証拠は示せないのだという違和感が、そのときのおれに残った。

「……アッツ！」

人差し指と中指の間にいきなり熱を感じて、思わず声を上げた。見れば、煙草の火がフィルターを焦がしつつあった。慌てて灰皿に捨てる。もう二十年以上も前になることを、煙草を吸うのも忘れて思いだしていた自分に笑ってしまう。尻の穴を天井に向けて陰毛を剃られたり玩具で女体をもてなしたりするおれに、そんなときもあったのだと思う。

つまり結局は、「鰯の頭も信心から」という諺そのままで、一度信じさえすれば、なんでもかんでも神に結びつけられるということだ。それがエセ宗教かどうかなんて関係ない。信仰の本質とは、だから、「信ずるか否か」、たったそれだけなんだ。でも、その「たった」が、深い崖で隔てられているんだ。……もしあのとき、疑問を振り切って崖を飛び越えていたら、おれは今ここにいないだろう。

そういうごどよ、と鼻で笑って、新しい煙草に火をつけた。意味なんか、結局(けつきよく)ねぇのよ。ぜんぶ、おらんどが後(あど)がら勝手につけだもんなんだべ。少(すぐ)なくとも、神だのあの世ば持ぢださねんで、この世のホントの意味ば説明(せづめい)でぎるやづなんて、だれひとりいやしねぇ。どったらに偉いって言われるやづだって無理だ。説明でぎるってやづは、みんなペテンにきまってら。政治家様、学者様、科学者様、作家様、学校の先生様、企業の社長様、どうぞご説明ください。ただし、神だのあの世だの神話だのの「ストーリー」は、一切抜ぎで説明してください。でぎんのが。でぎながべ。ハッ、おらんどがこございる意味も説明でぎねぇくせに、みんなして偉そうにしやがって。クソが！

教団に退会を告げたとき、指導員の男が最後におれに言ったことが思いだされた。その男はこう言ったのだ、「あなた、地獄に落ちますよ」と。脅しだった。まだどこかでその世界観を引きずっていたおれは一瞬ひるんだが、笑って言い返したのだった、「落としてください。そしたら、ああ、神はいたんだと思って反省しますから。そして、そのときは、地獄に落ちたぼくを、あなたが救ってくださいよ」と。

何が「デーモン」だ、小洒落だ呼び方（がだ）しやがって、聞ぐたびにデーモン小暮の顔がちらづいだべせ、と思う。仁吾、これがおらんどの実情（じづじょう）だべ。つぐろうが壊そうが、結局一緒なのよ。いがが何やったって、それだけは変えようがねぇんだ。だったら、このペテンの意味ばっかの世界に、おらがとどめば刺してけらぁ。

この世に無意味をもたらす破壊者として、おれは妨害工作に邁進した。それは滞りなく進行していた。だが、「仁吾の幼なじみリスト」十人目の石川と会ったとき、なんだかこれまでとちがう感触があった。

村のヤマイモ農家に嫁いだ石川は、今は根岸と苗字が変わっている。その石川に会って話すうち、男たちを相手にしたときとはうって変わって、頑なな反発のようなものを感じた。彼女の旦那とはおれは接点はなかったから、石川を通じて旦那も熊倉に入れるよううながす狙いだったが、うまくいかなかった。会社員や組合の職員といった組織の人間ではないからか、農協の組合長や、村の特産品を売る産直センターの所長の名前をだしても「ふーん？」

と鼻であしらうだけである。ほかのルートでヤマイモの出荷先を確保しているのだろうか。攻略法が見いだせず、「これを……」と、ほんとうは話が成立してから渡す金一封を差しだした。石川の家の敷地内の、トラクターが置いてある大きな納屋の入り口で、だれかに見られてないかとおれはあたりを見回す。いつもの石碑のところに誘いだそうとしたのだが、「イヤだじゃ、そったらどご」と電話口で一蹴されてしまったのだ。

石川はジロリと封筒を見下ろし、「なんだづの、これ」と言った。畑にずっとでているためか、肉厚な顔はこんがりと日焼けしていた。小学生のときは、かわいい系のグループではなくて地味系のグループにいて、おとなしいことと大柄なことを揶揄されて「マンモス石川」とか「エレファント石川」などと長沼たちに呼ばれていた。今なら確実にいじめと認定されるようなひどいことを言われても、石川はやさしい象のような目で、言った相手にひっそりとまなざしを向けるだけだった。それが今は、結婚して子ども二人を育てた女の自信なのか、おれをひるませる妙な貫禄を漂わせている。

「何って、ほんの気持ぢだ。わんつか（少し）だんども、なんが、うめぇもんでも食うんだ」

「うめぇもん」と聞いて心が動いたか、石川は封筒を取って中身をたしかめた。が、表情は変わらなかった。三千円にしたのがまずかったかと、おれが二千円を上乗せしようと慌てて財布を取りだそうとすると、

「あんだ、こやってみんなば買収してんのが？　こりゃあ、熊倉さんに言われでやってんのが？」

そう言って封筒を突き返してきた。

「史郎、あんだ、仁吾ば裏切んのが？　そったらごどして、あんだ、情げねぐねぇが？」

「いや、これには、いろんた事情があんだよ。やむにやまれねぇ……」

その事情を話すわけにはいかないし、たとえ話したとしても理解しないだろう。こいつは落とせない、無理だと判断して、もごもご言いながら退散しかけていると、石川はなぜか笑みを浮かべ、「知らねぇど（知らないのか）」と言った。その口ぶりにはいやに余裕があり、おれは自分のやっていることが選管にバレてでもいるのかと戦慄した。その動揺を気取られないように装いながら「知らねぇどって、何が？」と聞くと、石川は笑ったまま、それには答えなかった。ただ、ある予言めいた言葉を告げた。

「今度の選挙は、あんだだぢの思うようには、いがねぇごった」

　その石川の謎めいた予言が指し示すものを見せつけられたのは、ようやくはじまった選挙戦の初日だった。地区ごとにある公民館前では、仁吾が演説に行けば必ず、女や若者を中心に大勢の人だかりが生まれていたのだ。その熱気は、熊倉が演説するときの、サクラがちらほら集まる様子とは比べものにならなかった。おれら熊倉陣営は、余裕で勝てるはずだった選挙戦の雲行きが怪しくなるというまったく予想外の事態に直面した。

　つまりは、女と若者の叛乱だった。有力者（男）を押さえれば家族（妻・選挙権のある子ども・同居の父母）の票も入るはずが、その家族のなかの「妻・選挙権のある子ども」が従わない可能性がでてきたのだった。「同居の父母」は、自分の老後の面倒を息子に見てもらうから逆らえない。夫の収入が頼りの「妻」たちもこれまではそうだったはずだが、今回彼女たちは「やまぶき仁吾後援会女性部」なるものを結成して、水面下で活動を活発化させていた。「ももんが草履」と「ナニャドヤラ保存会」が中心となったそのネットワークは、彼女たちの女友だちから女友だちへ、そのまた女友だちへと、村の隅々まで広がっているようだった。「選挙権のある子ども」に関しても、熊倉に入れろという父親に反発する息子や娘の話があちこちから聞こえてきた。栄民党員である副議長の荒井もそれで仁吾側についていた。荒井の息子は、このまま熊倉につくのならおれは家をでると、激しい剣幕でなじったらしい。「選挙は村を割る」というけれど、この選挙では家の内部から割れていた。熊倉陣営は各地域にそれぞれ担当の運動員を置いて票集めに走らせていたものの、予断を許さない状況になっていた。

その展開は、熊倉陣営のだれひとり想定していなかった。村の有力者をほぼすべて押さえているのだから、あとはとくに何もしなくても圧勝するだろうという見込みを疑う者はいなかった。完全に油断していた。これまでは脅威とならなかったはずの存在が、思わぬ脅威となって姿を現したのだ。

妨害工作に奔走するおれにも焦りが生じた。仁吾の何がそれほどまでに、女と若者を惹きつけるのか。仁吾の公約にある「村議会の議員の半数以上を女性に」の部分が魅力なのか。でもそれは熊倉も「女性が活躍できる村づくり」と公約に入れてある。まぁ、仁吾のほうは具体的で本気がわかるのに対して、熊倉のそれは申し訳程度に添えただけではあるけれど。

もしかして、仁吾のビジュアルだけでこんなに盛り上がってんのか？　そんなわけないよなと思いつつ、午後になって再び選挙カーで村を回ろうという熊倉の姿を見て、当然だよなと脱力する気分におちいってしまった。これから演説にでるというのに、肩にフケの浮いた冠婚葬祭用の黒いスーツを着た熊倉は、まだ何をすればいいのかわからないように臆病そうな微笑を浮かべて周囲を見回している。タスキも白手袋も道化のようにしか見えない。応援演説のために同行する名久井が苦い顔であれこれとアドバイスをしているが、頭に入っているのかもわからない。これだばホントにただの人形だべせ、とおれは心で毒づいた。のごのご出でこねんで、黙って庭いじりしてればいがったんだ、と苦々しい気持ちになる。

名久井がおれを見て手招きしていた。事務所の外へ来いということらしい。これまでにも何人落としたかの成果報告をしていて、納得していたように見えたが、あの険しい顔は何か言いたいことがあるのだろう。滅多に事務所に寄らないおれがここにいるのは名久井に呼びだされたからだが、今や破壊をもたらす王となったおれは、以前のように名久井にびくつくことはなかった。おれのシワの寄ったタマ袋をさらすならさらせ。おれ自身見たことのない雛菊の門を世界中の人々の目にさらすがいい。どうせたかがそれだけのもの。そのカッコ悪すぎる情けなさこそが、「夢と魔法」なんか吹っ飛ばす身も蓋もないおれらの現実そのものだろう。ただし、おとなしくやられてばかりじゃねぇんだ。嫁のA子の男遊びが世間に知られるのも、政治家として、そして男としてのお前には致命的なんだろ？　だからあのとき口止めしたんだろ？　いざとなればバラしたっていいが、A子の身の安全のために、それに関してはまだ黙っといてやる。でもな、お前の公選法違反の現場は、おれは今すぐにでも流せるんだよ。

おれはスマートフォンの動画撮影を開始して、ジャケットの胸ポケットに入れた。胸ポケットにはレンズがフィットするように穴を開けてある。仁吾の選挙を妨害する公選法違反の罪をおれだけに被せられたときのために、成果報告の面談がはじまったときから隠し撮りすることにしていた。やましくなんかなかった。先におれを隠し撮りしたのは名久井なのだ。

　外に出ると、名久井はさらに事務所の裏のほうに歩いていく。この事務所は、もとは畳屋だったところの空き店舗を借りたものだ。その裏へ、レンズに名久井の全身が映るように距離を保ってついていくと、案の定、「おい、どうなってっきゃ」と押し殺した声で言ってきた。名久井のほうが頭ひとつぶん背が高いから、おれは見上げる格好になる。

「いが、今まで何やってだっきゃ。なぁして今になって、互角（ごかく）だの、こっちが劣勢だのって言われでんだよ、あ？」

「いや、やるごどはやってます。名久井さんに言われだとおりに、仁吾の選挙の妨害工作は進めでます。ちゃんと説明（せつめい）しましたよね」

「『やるごどはやってます』だ？　おい、そったらごどで、いがやったごどば免責（めんせき）されるど思ってらど。やるごどしかやらねぇごぐつぶしなんか、どごの組織でもいらねんだよ。カネだって渡してんだろが。寝るな、食うな、二十四時間死ぬまで働（はだら）げってんだ、え？　いがのあの映像ばバラされてぇのが？」

　いいセリフが録音されたと思う。だれもが黙る高学歴、県内大手の塾の経営者から政治家になり、次の知事をねらうという名久井のみみっちい俗物ぶりをよく伝える言葉だ。おれは顔色を変えずに言った。

「おらはおらの手順どやり方（がだ）でやりますよ。今晩、前に見せだあのチラシば、村中に配ります。運動員を貸してください。なるべぐ多ぐ。人手があったほうが多ぐ配れますがら。謝礼も必要ですよね」

落ちつき払って笑顔まで浮かべているおれに、名久井はあきらかにひるんだようだった。嫁の男遊びと盗撮と選挙妨害の指示という、名久井が抱えた弱みをトリプルで握っていることにおれが気づいたと思ったのだろう。ザマァねぇと腹の底で笑う。こいつはおれのことを、肛門開示で脅せばおとなしく言いなりになる臆病者だと軽く見くびっていやがったのだ。日ごろから立場の弱い人間を見下してばかりだから、そんなふうに見誤るんだよ、バカが。どうにでもなれと心底から開き直ったやつに、テメェの脅しなんか効くと思ってんのか。

怪文書の出番だった。おれは栄民党の強力な支持団体である「明治に日本を戻す会・青森支部」から動員された運動員たちに、村の人々が寝静まる夜中の間に怪文書を配らせた。名久井の口添えでその会から夜間手当付きで一万円が払われたから、不満を示す者はいなかった。名久井がこの選挙に投下するカネは、すべてその会から出ているという話だった。「明治に日本を戻す会」とは、会の名称そのままに、天皇を絶対君主とし、国民は天皇と国家のたんなるしもべとして富国強兵をめざした明治時代を復活させようとしている極右の団体だった。大問題にならないのが不思議だが、今の内閣の閣僚は全員そこに所属しているという、日本の政治を陰で牛耳るほどの巨大組織である。おれはしかし、その会に集まっている若いやつらや、定年退職後に社会における自分の存在意義が揺らいで吸い寄せられてきた年寄り連中のことを内心激しく嫌悪していた。教団に引っかかっていたころのかつてのおれと同じ匂いがしたからだ。

翌日、怪文書の効果がどれほどのものか、仁吾が演説する蟹沢集落の公民館前にこっそり見に行った。まだ仁吾が到着する前だったが、愕然とした。これからお祭りでもはじまるかのようなにぎわいだった。趣味人とか変わり者として知られる仁吾の父が、紺の浴衣を着て軽トラックの荷台の上に立ち、マイクを持って朗々とナニャドヤラの替え歌を歌っている。それに合わせて薄桃色の浴衣を着た「ナニャドヤラ保存会」の女たちが輪になって踊っていた。そのまた周りでは、割烹着や野良着姿の女たちが一緒になって踊り、さらにそれを笑顔で眺めている人々が取り巻く——。平日の日中ということもあって歳のいった人たちが多いものの、二十代から三十代ほどの男たちや、子ども連れの若い夫婦も集まっていた。

今年初めて田の草取れや　後さ小草コそよと立つ
（そよと立つ　後さ小草コそよと立つ）
今年初めて粟の草取れや　粟とハクジャの分け知らぬ
（分け知らぬ　粟とハクジャの分け知らぬ）

家業の精米所を引退して仁吾の兄にゆずり、十和田の民謡歌手に弟子入りしたというだけあって、その歌声はのびやかに周囲に響き渡っていた。仁吾の父の歌声に、同じく荷台に立った二人の女が合いの手を入れる。

盆の十六日闇夜でけねが　好きなアネコの手コァ握る

（手コァ握る　好きなアネコの手コァ握る）
踊りおどらばシナよくおどれ　シナの良いやつァ私ァ嫁に
（私ァ嫁に　シナの良いやつァ私ァ嫁に）

聴いているうちに急激に疲労に襲われ、車のハンドルに頭をのせて大きくため息をついた。あの怪文書にそれほど絶大な効果を期待していたわけではない。しかしこれほどまでに完全に無視されるとは思わなかった。

おれがぐったりしたのは、それればかりではなかった。「慈縁郷村・選挙広報」としてつくったツイッターのデマ拡散用アカウントにも、村の若い連中は思ったほど食いつかなかったのだ。さらに昨日の夜、チラシに書いたようなレイプ被害の証言を連投したものに対して、仁吾陣営から「これはデマです。あきらかに『虚偽事項公表罪』にあたり、四年以下の懲役もしくは禁錮、または百万円以下の罰金となりますが、それでもいいんですね？」とカウンターが入った。たった五日間の選挙期間なのだから、発信者を特定されて訴えられたとしても、そのときにはもう選挙は終わっている。だからアカウントは削除せずそのままにしているが、ポツポツとおれが嫌いな「明治に日本を戻す会」系のやつらが反応するだけなのに夜中じゅうひとりでデマを発信しつづけるのも、かなり消耗することだった。

仁吾を乗せた選挙カーが向こうからやってきた。集まった人々は車から降りた仁吾を一斉に拍手で迎え、だれかが「ジ・エンドじゃねぇぞ、慈縁郷！」と仁吾の演説の決まり文句を叫ぶと、まるでお祭りのワッショイのように、みんなで「ジ・エンドじゃねぇぞ、慈縁郷！」と声を合わせるのだった。

その熱狂の渦に、車から降りた仁吾は驚きとはにかみの表情を同時に浮かべていた。その素人っぽさが魅力のひとつになっているのだと思う。マイクを持った仁吾は、低音のよく通る声で挨拶し、「いやぁ、こったにいっぺ人がいるがら、演説会場をまぢがえだがど思いました」と言って笑わせてから、演説をはじめる。けして煽ることをしない、聴衆一人ひとりに実直に語りかけるようなその演説は、逆に信頼できる言葉として響いていることが見ていてよくわかった。

「……高齢化に少子化に財政赤字。問題は、山積してるど思います。しても、おらがめざすごどの柱は、まず第一に、この村に今あるものを、大事な〝宝〟どして考えられる仕組みをつぐるごどです。高齢化は、けっして、お荷物ではありません。お年寄りが大切にされない社会で、人は安心して暮らすごどがでぎるでしょうが？　村のおじいさんやおばあさんが、どんなふうに村で暮らしてきたが、その経験ど知識も宝なんです。この村のごどをもっと知るために、お話を聴がせでもらいましょう。そして、この村の山や川に生ぎる生ぎものだぢも、宝です。おらだぢど一緒に暮らす、大事な隣人です。そったふうに、村にある宝のごどを、まずは大人も子どもも知る。すぐに役に立づどが立だねぇどが、そったごどばり考えるがら、悲観するんです。そうじゃない目で村を発見しなおせば、こごで暮らすごどが、もっとおもしろぐなるんでながべが。そうすれば、自然と人も集まってくるんでながべが。だがら、おらはみなさんに、一緒に村をおもしろぐするべ、と言いたいんです」

「そうだそうだ！」と若い男や女たちの声が上がり、力のこもった拍手がつづいた。仁吾はその拍手に笑顔を浮かべてぺこりと頭を下げ、「そして、もうひとづ、大事なごどです」と人差し指を掲げ、さらに声に力をこめた。

「これまで、政治がら遠ざげられできた女の人だぢが、自分だぢが暮らしやすいように、自分だぢで村の政治を動がしていげるようにするごど。これが、これがらの新(あだら)しい村づぐりに必要だどおらは思ってます。女の人の知恵を貸りたい、ではなくて、女の人自身が政治を動がすんです。そうでないと、ほんとうの意味で、村は変わりません。社会は変わりません。はっきり言えば、もう、女性の村長が誕生してほしい。今回だって、ここにおられるみなさんのだれがが出でもよがったんです。そしたらおらは、立候補を取り下げで、その方を応援したでしょう。青森県は、全国(ぜんこぐ)でも女性議員がゼロの議会がいぢばん多くて、女性議員の割合も全国で最低だどいうごどです。これって恥ずがしいごどですよ。まさにこの村でも、女性が政治に参加する環境が、全然でぎでいません。おらがこうして選挙さ出でるのは、その環境づぐりもしたいど思ったがらです」

　仁吾を踊りで迎え、演説がはじまると踊りをやめて聴き入っていた女たちが、両手を上げて一斉に拍手した。すると、踊りの音色に誘われて様子を見にきたような、農作業の格好をした五十代くらいの女たちも、控えめに拍手した。控えめな反応ながら、何か大事なことを話しているという表情で、食い入るように仁吾を見ていた。

「もぢろん、女性のながにもいろんな考えの人がいます。男(おどご)どなんも変わりなく、権力(けんりょぐ)が大好きな女性の政治家もいますね。一方で、自分の体の性別(せいべづ)と、心(こごろ)の性別がちがう人もいます。だがら、ほんとは、『男が(か)女が(か)』というだげで、単純に分げでいいものではありません。

どんな人でも政治家になっていい。ちゃんとみんなのごどば考えられる人なら。それにしても、政治の世界は、ずうっと男ばっかりで独占されできました。独占されでるどいうごどは、男に都合のいいように、国の仕組みも村の仕組みもつぐられでるどいうごどです。それをおらは、変えだいんです。もし、女性のみなさんが政治に参加して、自分だぢで村の将来のごどを決められるようになって、女の人だぢにとって住みよい村になれば、過疎化や少子化のごども、自然にいい方向に向がうど思いませんが？」

それだけを言って終わるなら、反発したり腰が引けて離れていく男もでてくるだろう。仁吾はそこも一応ちゃんと押さえていた。

「おらがこったらごどを言えば、男の人だぢは、微妙な気持ぢでしょう？　ほら、みなさんの顔に『不安だ』って書いでありますす。でも、恐れる必要は、まったぐありません。なんでがって、女の人だぢが住みよい村は、おらだぢ男にとっても住みよい村になるはずだがらです。慈縁郷は、終わってません。終わらせません。つまり、こういう気持ぢです。——ジ・エンドじゃねぇぞ、慈縁郷ッ！」

低く低く声を積み重ねた演説の最後、大きくそうシャウトした仁吾に感電した聴衆から「うおお」とか「ワァ」という歓声が上がり、激しい夕立の音にも似た盛大な拍手が湧き起こった。拳を突き上げて「ジ・エンドじゃねぇぞ、慈縁郷！」と何度も叫ぶ者たちもいた。小学生くらいの子どもたちまでが、特撮の戦隊ヒーローもののつもりなのか、拳を上げて「ジ・エンドじゃねぇぞ、慈縁郷！」と甲高い声で叫んでいた。叫んだあとで、仲間たちと顔を見合わせて大笑いしている。

離れたところに車を止めていたおれは、車をUターンさせた。正直、ちょっと圧倒されていた。それでも悔しまぎれに、ロックスターがよ、と苦々しく思う。今、マイク持づ小指、立てでてながったが？

図体の大きい車の不便さで、二度ほどハンドルを切り返してUターンさせたとき、仁吾を囲む人たちから離れたところにいたひとりの少女が目に入った。眉の上で前髪を切りそろえた、おかっぱ頭の女の子。子どもらしく日焼けした腕と脚は、棒きれみたいに細い。白地に赤や黄色の小花模様のワンピースを着て、ぺたんこの胸にまだちいさな子猫を抱いていた。見たことのない子どもだった。もちろん、子どもに接点も興味もないおれが村の子どもたち全員を知っているわけではない。だが、その子だけ、村の子どもとは雰囲気がちがって見えた。もしかして、この子が、仁吾の言っていた福島の子なのか……？

その女の子が、ふと体の向きを変えておれのほうを見た。抱かれているキジトラ柄の子猫もおれを見た。どちらもまったく同じ、丸く見開かれていても何を考えているのかつかめない目だった。

なぜか一瞬その目に吸いこまれた。何かが気になった。その場を離れて車を走らせていても、まだその理由を考えている。あの目。猫と同じ目。おれがはまりこんでいる策謀の世界などとは完全に無縁な目。それをあえて言葉で言うなら、「無垢」……？

かつて「幼な子のような無垢な心」でいることに心が惹かれたおれは、虚をつかれた思いだった。あの子は、なんの苦労もなく、すでに無垢の心を持っているというのか？　自分の気持ちのままに生きるという意味で無垢といえる動物たちの領域に……？　すると、あの子と猫に見つめられたことで、無垢とはほど遠いドロドロしたところで、ひたすら人間のことしか考えていない自分のことを問われているような気持ちにさせられたのだった。

――キリンの首はなぜ長い？　人間を楽しませるため。ヘビはなぜあんなにひょろ長い？ヘビに驚く人間を見て、神様が愉快になるため。そう、世界のすべては神と人間のためだけにある。神と、人間のためだけにある。いや、ほんとのところ、神なんてたんなる方便にすぎない。世界は、人間のためだけにある。

自分のものなのかどうかよくわからない声が、勝手に頭のなかで喋りだしていた。やかましいと思う。選挙ってそんなもんだろう、徹頭徹尾、人間のことだけ問題にして争うもんだろう。それがなんだってんだ。それに、あの子が無垢だって？　ハッ、今はそうかもしれねぇけど、いずれはあの子だって世間の女どもと変わらなくなる。かわいらしい見かけをしていても内心では自分の価値と相場を抜け目なく把握していて、それよりも高値で買ってくれる男の品定めを怠らない、そんなありふれた女に。……だが、苛立ちまぎれで無理やり考えたそのイメージとあの子とは、どうしてもつながるとは思えなかった。

ここしばらくほとんど寝ていないから、衰弱しているのかもしれない。頭を振って声を追い払い、選挙戦の空気を牽引しつつある仁吾への対抗手段を考えることにした。今切実に考えなきゃならないのはそれだった。

やっただけの効果のある確実な方法を考えろ。仁吾の信者にはデマくらいじゃ無理だとわかった。というより、信仰とはそれくらいしぶとく強力なものなのだ。信仰のためなら死を厭わないやつだっているんだから。そのぶ厚い信仰を妨げるものってなんだ。いや、信仰心を変えるよりも、信仰の対象を消し去ったほうが早いし確実じゃないのか。だったらもう、刺すしかねぇのか。

……刺す？

自分で思いついたことに驚いた。驚きつつ、一瞬本気でそれが有効だと考えた自分がいた。マジかよと自問した。

いが、本気であれば刺すど思ってんのが？　ってが、刺してぇのが……？

まさか、と思いつつ、でもその選択肢はありえないという答えもだせないまま、森谷集落のバス停前で行われている熊倉の演説会場に着いてしまった。車を降りて、三十人ほどの人だかりのうしろにつく。仁吾の演説を見たあとでは、だいぶ閑散としているように感じた。もちろん、熊倉を支持する村の男たちや、動員された「明治に日本を戻す会・青森支部」の会員、カネで雇われたアルバイト運動員が集まっているのだから、頭数はそろっている。だが、熱気の密度がスカスカなのだ。せっせと拍手したり声を張り上げたりしているけれど、仁吾を応援する者たちのような切実な真情がそこにはなかった。

ビールケースの上に立った小柄な熊倉は、死刑台に立たせられた者のように土気色した顔で演説していた。

「わだすは……、こっ、この村を、もっ、もり立てで、いぐ、しょ、所存で、あります。……景気、回復。商売、繁盛。子孫、繁栄。精力、絶倫……」

聴衆から失笑が起きた。仁吾の事務所開きにも来ていた八十代の自治会長は苦りきった顔をしている。熊倉の隣りに立つ名久井の顔は、笑いながら引きつっていた。こめかみに筋が浮かんでいるのが離れたところからも見えるようだった。あまりに耐えられなかったのだろう、名久井は熊倉に小声で何かを伝えた。顔中汗まみれになった熊倉は小刻みにうなずき、大きく息を吸ってつづけた。

「わだすは、こっ、公共事業を、もって、大いに、村を、かっ、活性化、させます……。た、たどえば、ほれ、村ば通る国道が、宮守ど蛇殻の間で、うねってますね。うねってる……、曲がってる？　どっつだ？　どっつでもいい？　とっ、ともがぐ、そごば、出っ張ってる山ば削って、ま、まっすぐに、します。そやせば、村の人だぢも、村ば通ったよその人だぢも、すぐに、十和田さ行げます」

なんだか、国道をまっすぐにしたらみんなが村を出て十和田に行くみたいに聞こえた。公共事業を起こして村に利益をもたらすという宣伝をしているのに、逆のイメージづけをしているのだった。

体から急激に力が抜けていくような感覚に襲われ、車にもどった。運転席のシートにもたれ、目を閉じてしばらく動けないでいるおれのなかに、大いなる疑問が渦巻いている。

おれは、あんなやつのために、世界に無意味をもたらすという、おれの存在を賭けた破壊工作をしているのか？　おれのとっておきの聖戦は、あんなやつや、あんなやつに集まるやつらを利するためにやっていたのか……？

つまりはおれも、ただの〝システム〟の一部にすぎなかったのか。名久井の脅迫に追いつめられて「この世に無意味をもたらす破壊者」などという理屈を生みだし、それをもともと自分が持っていた目的のように思いはじめて、せっせと工作に走り回る……。

今さらそのことに気がついて、おれはひどく困惑していた。せっかく身内からほとばしった情熱のやり場を急に失ったのだった。たとえこの世に「ほんとうの意味」はない、というか、だれもそれを指し示すことはできないとしても、それでも人には理由が必要らしかった。何かの行為をすることの理由＝意味が。人は意味を欲する生きものなのだ。たとえそれが「無意味をもたらす」という目的であってもだ。以前のような開き直りのふてぶてしさは急になりをひそめた。おれは、この選挙にかかわる新たな意味を探さなければならなかった。

かといって、あれだけ幼なじみの切り崩しに奔走し、さんざんデマ情報を流したあとで、仁吾の応援に転身するなんてできるわけがない。信用されるわけもないし、もし仁吾側につけば、名久井はあの映像を拡散しておれを破滅させるばかりか、仁吾の足を引っ張る道具として活用するだろう。おれがそこで名久井の弱みを暴露したとして、名久井がそれをデマだと言い張ったらどうなるのか。知名度のある名久井と、肛門をさらした無名のおれと、世間はどちらの言い分を信用するだろうか。「身から出た錆」ならぬ「股間から出た錆」だった。あるいは「自業自得」ならぬ「股間自得」。結局おれは、おれの股間がもたらしたものに束縛されていた。

選挙戦の三日目、四日目と、おれは惰性的に〝システム〟に沿って動いていた。動いていなければ、あの教団を抜けたあとにアパートの部屋にひと月近く引きこもったときのような無気力状態に陥るのがわかっていたからだ。朝からずっと車で村を走り回り、道を歩いている老人を見かけるたびに車を止めて声をかけ、まだ期日前投票に行っていないとわかると、「せば、おらが連れでってやるすけ、乗ってけんだ。さぁさぁ」と、なかば拉致するように乗せて、役場の投票所まで連れていった。だれも道を歩いていなければ、村議として村民の健康調査に訪れたという体で家々を訪れ、庭の手入れをしていたり、ぼんやりテレビを見ているような老人がいれば、「たまには外の世界の空気吸ったほうがいいんで?」などと、なんだかんだ理由をつけて連れだした。そして車のなかでは、熊倉の事務所から必ず言えと言われていたこのフレーズをくり返した。

「選挙さ行きたくても、足がなくて行げねぇ人だぢのごどば、熊倉さんが心配してだんです。熊倉さんが村長になれば、こやってみんなさ、よぐしてけるべなぁ」

すると、日ごろは家族から放っておかれることが多い人などは、

「ほうがほうが、熊倉さんがなぁ、こったらおらんどのごどば。いい人だごど」

ほくほくとうれしそうに笑って言うのだった。おれはあいまいにうなずきながら、この方法はいちばん確実で効率的な方法ではないかと認めざるをえなかった。これまで思いつかなかったことが悔しいとさえ思う。

車を持っている熊倉陣営のスタッフが総出で村を走り回るのと並行して、チャーターした

バスに老人ホームの入所者を乗せて連れだすというミッションも動いていた。そんなふうに、選挙運動において当初は見向きもしていなかった村の老人たちの活用を言いだしたのは、長年、仁吾の実家の精米所の専務を務めた森川という男だった。仁吾の父の片腕として働き、定年を迎えても家業を継いだ仁吾の兄に再雇用されて勤めていたが、熊倉の応援がしたいと自分から退職したらしい。幼なじみの熊倉に副村長の座を約束されたという話だった。自分が行きつけの十和田のスナックで、店のママに「おらぁ今度、副村長さなるんで?」と自慢していたのを、居合わせた村の者が聞いたのだという。その座ほしさに、身内同然の仁吾の家を裏切ったというわけだ。人間の権力への欲望のすさまじさ。これにはさすがにおれも、裏切られつづけの仁吾の心境を思わざるをえなかった。

情勢は五分五分というまさかの展開のなかで打ちだされたこの奥の手は、熊倉陣営にとっての光明だったろう。なにせこの村は老人のほうが多いのである。村政にとって足手まといだった存在が、今回の選挙ではありあまる埋蔵資源に反転した。森川からこのアイデアを聞いた選対本部長の木下は「こったらどぎこそ、年寄りんどに役に立ってもらうべ。資源の再利用だべ」と言い、村にある二つの老人ホームの施設長に電話をかけ、約束を取りつけた。そして、チャーターしたバスに介助と称して運動員を何人も送りこみ、「熊倉さんはいい人だべ?」「熊倉さんが、みんなのためにバスだしたんで?」と、老人たちへの声がけのついでにそうアナウンスするように仕向けた。熊倉に入れるよう直接の指示はしていないから、公選法にはギリギリ引っかからないかもしれない。しかし、選挙人の利益になるようなバスのチャーターはアウトだろう。もてなされた老人たちが告げ口することはないだろうと見込んでのことだが、すでに選挙管理委員会もカネで抱き込んでいるのかもしれなかった。

道端に落ちた投票用紙のように老人たちを拾って期日前投票の会場まで行き来するおれの頭には、栄民党の宣伝ポスターの「この道だけが正解だ」という言葉がくり返し浮かんでいた。狭い村を走り回るのだから、仁吾の選挙カーと何度かすれちがう。そのたびにおれは体を硬直させて、前だけを見て走りすぎた。仁吾は白手袋に名前入りのタスキ掛けという、おそらく本人は不本意な格好で助手席側に座って道ゆく人たちに手を振っていたから、対向車におれが乗っていることに気づかない。だが、それでも一度だけ、目が合ってしまった。おれだとわかった瞬間、仁吾の目は大きく見開かれ、そして、憐れむようなおだやかな目つきになった。すれちがったあとで、おれは思わず片手で口元をきつく覆った。うしろに老人を乗せていたから、「そんな目で見るな」と叫びそうになったのをこらえたのだ。

なぜ、おれは熊倉側にいて、こうして老人たちを乗せて走っているのか。自分でそうしたわけだが、胸の中心に、以前よりもさらに深々と大きな空洞が広がったように感じた。

選挙期間の四日目、昼飯もろくに食わずに夕方まで走り回って、さすがに目がかすんできた。出歩く老人も見かけなくなり、今日はこれで切り上げようと思う。事務所に寄って乗せた老人の人数を報告するのが億劫になって、ちょうど通りかかった「聖母マリアの丘」のふもとにある駐車場で休むことにした。

空にはまだ光が残っているが、山の夜はひと足早く訪れる。車の窓から見える木立は、すでにうっすらと闇で覆われていた。この駐車場から坂を登れば、丘のてっぺんに聖母マリアが眠っているという土盛りの墓と、この村に聖母マリアがやってきたという奇説が定着する経緯を紹介した「聖母マリア伝承館」がある。

エアコンを止めてドアを開け放し、運転席にもたれて缶コーヒーをすすりながら煙草をふかした。激しい喉の渇きのように、理由がほしかった。こうして選挙にかかわり、熊倉側についている理由が。なんでもいい、たった一滴の理由が見つかるだけでも、この紙切れみたいに薄っぺらくなった体に、せめてもの湿り気と重みをもたらせると思えた。そこまで理由を渇望している自分に気づき、我ながら笑ってしまう。あれほど無意味を標榜していたくせに、このザマかよと。

ふいに、遠くのほうから「熊倉まさはる」を連呼するウグイス嬢の声が近づいてきた。

……熊倉まさはる、熊倉まさはるでございます！　熊倉まさはる、ここに新たな村長になるべく声を上げました。村の経済発展を、ブルドーザーのように強力に推し進めていきます。熊倉まさはるは、みなさまの暮らしを豊かにします。この村の村長を務めた祖父の高貴な血を引く、熊倉、熊倉、熊倉まさはるでございます！

仕事熱心にむやみに張り上げた声が、田んぼの風景が広がるのどかな黄昏時の空気を引き裂き、ビリビリ震わせていく。選挙カーの後部座席の窓からは、本人かどうかわからない白手袋をはめた手だけがでて、ヒラヒラと振られていた。その光景は、おれには動く無意味そのものに見えた。

ようやくアナウンスの声が聞こえなくなると、また静寂がもどった。と思うと、丘を覆う木々のほうで蟬がまだひっきりなしに鳴いていたことに気づく。おそらくここに来たときから鳴いていたはずだが、おれはずっとそれに気づかないでいたのだった。

車から降りて、影をおびた丘全体を見上げる。体で浴びるように蟬の声に耳を傾けてみる。どの蟬がどんな鳴き方をするのか、おれは知らない。何万もの鈴を一斉に震わせているような蟬の声を背景にして、別の種類の蟬たちは、どこか電子音にも似た音色をくり返し発していた。

姿は見えなくても、どこかの幹にとまった彼らが腹部を振動させて鳴らす音は、大きな波動のようになってあたりにこだまし、下にいるおれをすっぽり包みこんだ。メスを呼ぶために鳴くというこれらオスの蟬たちは、おれを楽しませるためにこの世にいるというのか。おれらの添え物だというのか。これほどまでに大音量で、蟬は蟬として自律した存在感を放っているのに……？

だったらなんて傲慢な教えなのかと思いながら、車にもどろうとした。そのときふと、丘のてっぺんにある聖母マリアの墓のことが頭をよぎった。子どものころはその気になったかもしれないが、大人になってからはアホらしくてまったく興味を失っていた伝承だった。

昭和のある時期に突然、村を訪れた神道家と古代史研究家なる者たちによって、この村の旧家が管理してきた被葬者不明の土盛りの墓は、聖母マリアの墓だということになった。彼らによれば、聖母マリアは一度肉体と霊魂とともに天に昇ったあと、再び地上に現れ、神の国を知らしめるために各地で奇蹟を起こしながら大陸を回り、ロシア経由で船で日本に到達した。息子のキリストが若いころに修行を積んだのが日本だったからだという。神道家の家で代々受け継がれてきた「笹森文書」という古文書にそう書いてあるのだとか。それによれば、最初に聖母マリアが上陸したのが八戸の浜で、そこで「阿部万梨亜大天空」と名前を変えて、この慈縁郷村までたどりついた。そしてここで夫を得て、娘三人をもうけ、百六歳まで長生きして人間として没したらしい。「笹森文書」にはその経緯を記した聖母マリアの遺書の内容が神代文字で書かれていて、神道家が現代語に訳したそれを、当時の村長が見せてもらい模写したということだった。熊倉の祖父よりずっと前の村長だ。

　そのエピソードにもおれは、どうもかつてのおれに似たものを感じてしまう。貧しく何もない、国からも注目されることのなかった村で、その村長は、自分たちを特別なものとするストーリーに飛びついたのかもしれなかった。だとすれば、哀しい切実さだ。ともあれ、その奇説が発表されると全国紙で取り上げられ、一時、村は有名になったという。それ以来、世界的にマリアの被昇天の日とされる八月十五日に合わせて、神様つながりということで村の神主が慰霊をする「阿部万梨亜祭」が開催されていた。

　仏教徒がほとんどである村民は、だれもそんな話を信じていなかった。被葬者不明の土盛りの墓は、古代東北の民であり、朝廷の侵攻によって征服された蝦夷の末裔が葬られているという者もいた。秋田の鉱山から逃れてきた隠れキリシタンと関連づける話も村の歴史好きのオヤジから聞いたことがあるが、世間に姿をさらせなかった者の墓をわざわざ大事に管理するかといえば疑わしい。結局真相はわからずじまいだが、慰霊祭をやれば多少の人集めになるということで、村では伝承を否定も肯定もせず、「神秘の村」というイメージを壊さないよう、墓を掘って検分することもせずに「阿部万梨亜祭」を惰性的につづけてきた。だが、仁吾はそうしたうさん臭さをおもしろがり、むしろ大々的に強調して「カミのワザ、ジエンゴー！」を合言葉にしたミステリーツアーを仲間たちと展開していたのだった。

おれがそのとき車に乗ることもせずに立ちつくしていたのは、ある閃きに貫かれていたからだった。

仁吾を、伝説にする——。

イエス・キリストのように、キング牧師のように、ジョン・レノンのように、ジョン・F・ケネディのように、殺されることで伝説になって、村にその名を永久に刻む。まったき信仰の対象そのものに昇華させる。村と仁吾を一体化させることで、仁吾の理念を根づかせるのだ。そして、その伝説をつくるのは、おれだ。おれがこの選挙にかかわる意義は、ほんとうの理由は、それだったのだ。なんの共感も抱けない態倉側にいる理由も……。

またあのときのように、全身が勝手に震えてきた。止めようとして止められるものではなかった。煙草が持てないほど激しく震えながら、おれは涙までこぼしている。その任務の重要さはわかりつつも、おれの役回りのあまりの哀しさに、ひとり棒立ちになって泣いていた。なんでおれはそうでしかいられないのか。嗚咽をもらしながら、思わず、仁吾、と呼びかけている。——犠牲になるのは、いがなのが、おらなのが？　……どっちもが？

やるなら、明日の選挙戦最終日がいいだろう。当選した仁吾を刺せば悲劇の極みとしていちばん効果的だが、落選した場合、刺す意味がなくなる。ただの不運や不幸の連続で片づけられてしまいかねないからだ。不運や不幸ではなく、悲劇でなければならない。そのためには、当落がさだまる前の、最後の演説が終わって聴衆の気分が最高潮に盛り上がったときが、ベストなタイミングだろう。

そう考えを進めるおれには、しかし、仁吾を殺めることの実感は欠落していたのだった。それをほんとうに実行するのか、実際は何も現実感がないのに、そうしなければならないという頭だけが先行していた。考えに体がついていってないのに、考えを先行させて機械的に体を動かしているような感じだった。自分が二つに割れていた。

事務所に寄らずにそのまま家に帰り、風呂に入っていつも通りに晩飯を食いながら、意識の片隅では計画遂行の準備の機会をねらっていた。母はそんなおれに気づくふうもなく、ご飯としじみの味噌汁をよそい、大根とさつま揚げの煮物を温めてくれた。

「親父は、今日も出がげでんのが？」

「んだ。今日はなんだったべ。会社の会合だったべが」

「いっつも出がげでんな」

「ハァ、ありゃあ、治んねんだべ」

ややため息をつきながら母が言う。心底あきらめきった、という感じだった。親父は昔から家庭よりも外づき合いを優先させる男だったが、もしかすればおれと顔を合わせたくない気持ちもあったのかもしれないし、おれのほうも親父がいれば、飯の時間をずらしただろう。朝もそうだった。親父が興した会社の跡取りに妹の旦那がなってからというもの、お互いによほどのことがなければ言葉を交わすことがなくなった。おれとすれば、そのことにとくに遺恨はなかったのだが、親父と口をきかなくて済むならそれに越したことはなかった。

「あんだも毎日、大変だな」と母は言った。

「状況はどったふうだ？　やっぱり、熊倉さんが優勢だべが？」

「さぁ、わがんね。仁吾のほうが盛り上がってらおんた」

「ほおん？　仁吾さんが勝づごどもあんだべが」

「どんだべな。かぁちゃんは、どっちさ勝ってもらいてぇ？」

「おらが。うーん、おらは」

　母は急須にポットのお湯を注ぎながら、

「ハァ、若い人だぢにまがせだらいいんでねぇがど思うんども」

「え、何、かぁちゃんは仁吾さ入れるど」

「しても、あんだど父さんは、熊倉さんば応援してんだべ？」

「なんも、自分が入れてぇ人さ入れだらいがべな。おらは、流れで熊倉のほうさついだだげだ」

　そんな話をしながら、母が不憫に思えてきた。やるべきことをやったあと、おれは逮捕されるか、その場で自害するかもしれない。そのとき、この人はどんな思いにさせられるのか。計画実行前の最後の夜に、こんなふうに母がつくった飯を食うべきではなかったと悔やむが、どうせもうほとんど味が感じられなかった。

　一度部屋に上がり、母が風呂に入った頃合いをみて下に降りた。台所のシンクの下の扉を開けて、出刃庖丁を取りだす。これは子どものころにおれが親父の前に持ちだしたものだろうかと一瞬考える。あのときからもう四十年近くたっているのだから、まさかそんなはずはない。青黒く沈んだ光を浮かべた、重たく分厚い刃だった。体を鍛えていないおれが、こんなものを振り回せるのかと不安になる。おそらく振り回せばすぐに腕に力が入らなくなるだろうから、最初からまっすぐ相手に突き立てたほうがいいと思い直す。刃に親指の腹をあてて、鋭さをたしかめた。母の手入れが行き届いているから研がなくてもよさそうだった。新聞紙に挟み、居間にあった裁縫箱も抱えて自分の部屋にもどった。

スーツのジャケットの裏、左胸のあたりに、庖丁をおさめるためのポケットをつくった。ポケットの布は、車庫にあった、工具類が入っていた帆布生地の袋が頑丈そうだったので、それをほどよいサイズに切ったものを使った。家庭科の授業を思いだしながら針と糸でちくちくと縫っている間も、明日仁吾を刺すという実感は全然湧かなかった。ただそうするのがきまった流れだというように、ただ目的を完遂するために思考を止めて、無心に手を動かしていた。

それでもふと、なんのためにこんなことをしているのかという思いが何度かよぎる。しかし、その疑念に対しては、ちゃんと大義は用意されているのだった。ただ、感情がともなっていなかった。おれはまたしても、自分の虚ろさを代わりのもので埋めようとしていたのかもしれない。薄々そうと感じながら、はっきりと認識することを避けていた。せっかく見つけた目的を失うことのほうをおそれていたのだ。

縫い付けが終わると、付け焼き刃と知りつつ、にわかに腕立て伏せをしたくなってはじめたのだが、十回もやったら腕が震えだし、やめた。無理をしてつづければ、明日には筋肉痛になって使いものにならなくなってしまう。そのまま部屋の畳の上に仰向けになる。目をつぶって呼吸を整えているうちに、おれはまた仁吾に向かって語りかけていた。

……なぁ、仁吾。人ば殺せばわがねぇ（ダメだ）って、みんながへる（言う）くせに、なぁしてこの世界には、「暗殺（あんさつ）」ってもんがあんだべな。そいつの持ってる「考え」ば消すためだべが。ある「考え」持ったやづぁ、その「考え」にもどづいで、あちこち動ぎ回る。せば、その「考え」があちこぢに振りまがれで、「考え」に沿って物事（ものごど）が動いでぐ。つまり、その「考え」があるせいで、現実（げんじつ）が変わってまる。だすけ、そのだれがの「考え」がおもしろぐねぇやづには、「考え」そのものが厄介だがら、そいつの「考え」が広まらねぇようそいつの体ごどぶっ壊してまえってごどなんだべが。

そんなことを考えているさなかに腹が張る感じがあり、考えをつづけながらも出やすいように膝を立てていた。すぐに尻の穴から、スーッとガスが抜けでていった。それは音で表せば、まさに「スーウッ」という尻上がりの、最後のほうに向かって勢いがつよまっていく感じだった。

……しても、おらは別（べつ）に、いがの「考え」ば消してしまいてぇわげでねぇ。それに、いがさやっかみの気持ぢはあるどしても、正直（しょうじぎ）大いにあるどしても、ぶっ殺してやりてぇほどの恨みがあるわげでもねぇ。そんでもいがば刺すのは、おっきたワゲがあんだよ。わがるが？　わがってけるべが……？

階下からだれかが上がってくる足音がした。その重く荒っぽい足音は、母ではなかった。親父か？　とおれは体を起こした。そういえばさっき、家の前で車が止まって、また走っていく音がしていた。タクシーかだれかの車で送ってもらったのか。でも、親父が二階に上がってくることは滅多になかった。何事かと待ち構える。

部屋の前で足音は止まり、すぐに引き戸がノックされた。「史郎、いだが？」と親父が呼んだ。「いだよ」と答えると、それを開けてもいいという合図だと思ったのだろう、戸が二十センチほど開かれ、いかにも酔って帰ったふうな親父の顔が半分現れた。何か重大なことがバレて怒鳴られるのかと身を固くしていたおれは、拍子抜けした。赤ら顔の親父はめずらしく、うれしそうに笑っていたのだ。

「おお。いが、よぐ、熊倉さんさ(に)ついだな」

「え？」

「いがも大人(おどな)さなったってごどだべ。村議にして正解だった」

返答につまっていると、「休んでったべ。悪(わり)ぃな」と言って、親父は戸を閉めかけた。よほどおれに嫌われてると思っているらしい。そのまま見送ってもよかったが、おれは思いきって聞いてみた。

「なぁしてそったに、熊倉さんがいいっきゃ」

おれから質問があるとは思っていなかったのだろう、親父は閉めかけた戸の間から驚いた顔を見せ、ちょっと真顔になり、

「なぁしてもこうしても、栄民党が推す候補だおん。それさ乗ったら、まんづ安泰だべ」

「あったら冴えねぇ人でもが？」

「ん？　いや、冴えねぇってへれば、そうだんども、なんとがなるべ」

「仁吾だばわがねぇのが？」

そう聞くと、親父は途端に笑いだし、

「あれぁ人はいいがもしんねんども、頼りねぇな。新しいごどやりたがるやづぁ、大概失敗して終わるべ」

やや得意げに断言した。熊倉を認め、仁吾を否定する、そのどちらの理由にも具体的な根拠はなく、ただ変化を厭う気分だけで語っているにすぎなかった。そこを突くこともできたけれど、予想通りの答えを聞けたので、おれはそれ以上何も言わなかった。親父は「せばな」と言って戸を閉め、また階段をドスドス音立てながら降りていった。その足音を聞きながらおれは、やはり、親父のような現状維持派が多数を占めるだろうこの村を変えるには、仁吾を伝説にするしかないのだと思った。

翌日は、老人たちを投票所へ連れていくことを放棄して、部屋にこもってひたすら夜を待っていた。昨夜から事務所に顔をださないことに気づいたのだろう、昼に名久井から一度電話があった。

「おい、蜂谷、今どごさいっきゃ」

「蛇殻のあだりです。じさまんどを乗せで、走ってます」

「そうが？　ちゃんとやってんのが？」

「やってます。今晩、おっきた成果を見せられるど思います」

「おっきた成果？　何よそれ」

「夜になればわがります。ご期待ください」

名久井は怪訝そうな感じだったが、あれこれ忙しいのだろう、それからは連絡は来なくなった。おれが強気を見せたとき以来、名久井の傲慢な態度はいくらか弱まったように思う。

仁吾陣営のツイートによれば、仁吾の最後の選挙演説は、仁吾の選挙事務所前で午後七時半からはじまるという。公選法の規定で演説が許されるのは午後八時までだから、それまでの三十分の演説にすべてを賭けるつもりだろう。演説の終わる八時より少し前に着けばおれの用は足りるが、演説のはじめから立ち会うべく、午後七時に車に乗って家を出た。じつは家のママチャリで行ってもすぐ着くのだが、ママチャリに乗って現場に向かうヒットマンがいるだろうかと思ったのだ。

国道沿いにある仁吾の事務所前の空き地には、もう大勢の人だかりができていた。百人近くいるだろうか、国道のほうにまであふれるほどだ。少し離れた場所に車を止め、最終日の高揚を発散している人々のうしろにつく。選挙カーは事務所前に止めてあるから、すでに仁吾は演説からもどって来ているのだろう。おれはどのように仁吾のほうに駆けていけばいいか、うろうろと歩き回りながら脳内でシミュレーションしていた。時間がかかれば邪魔が入る余地を与えてしまう。なるべく近くにいたほうがいいだろうと、人々の隙間に体を割り込ませながら、少しずつ前のほうに出ていった。このときおれは、学生時代にビデオで観た『タクシードライバー』の、大統領選に立候補した政治家を狙おうとするトラビスを思いだしていた。今のおれがロバート・デ・ニーロ演じるトラビスそのものじゃないかと気づいたとき、一瞬、だったらモヒカンにしてくればよかったか、などとどうでもいいことを思う。

ようやく前のほうにたどりついたとき、周囲から一斉に拍手が湧き起こった。事務所から仁吾が出てきたのだ。すぐに聴衆のあちらこちらから「ジンゴー！」と呼ぶ声も起きる。だれかがあの決まり文句の「慈縁郷」の部分を「仁吾」に変えて「ジ・エンドじゃねぇぞ、ジンゴー！」と大声を上げると、ドッと笑い声に包まれた。仁吾も笑っていた。選挙最終日の最後の演説を前に、すでに場の空気は熟しきっていた。

　仁吾の近くにいながら仁吾に見つからない場所ということで、前から二列目の右端にいたおれは、仁吾の表情を見て思わず目を見張ってしまった。すっかり日焼けしたその顔には、かすかな疲労の影とともに、まだまだ突進をやめるつもりのない闘牛のような不敵にギラギラしたものが宿っていたのだ。事務所開きをしたときの、ほんわりとやさしい顔ではなかった。仁吾に唯一欠けているのは勃起力だと思っていたおれの考えは撤回する必要があった。この五日間の選挙期間で、仁吾は一皮も二皮も「剝けた」のだ。赤黒く艶めいてそそり立つあいつに、まだ平常状態でちんまりおさまっているおれは太刀打ちできるのか、とひるむ心が生まれる。

　前髪をかき上げ、マイクを握り直し、仁吾は演説をはじめた。やや鼻にかかった低い声には、この五日間ずっと声をだしつづけ、訴えつづけてきたことの厚みとつやが加わっていた。周囲の空気を掘っていくようなその声と言葉は、別の目的でここにいるおれの心をもわしづかみにするのだった。

「……おらは、この村を、魅力（みりょく）のある村にしていぎます。村さある山、川、伝説（でんせつ）、生ぎものだぢ、そして何より、人。村にあるぜんぶを磨いで、新（あだら）しい光をあでで、おもしろい村にしていぎます。たどえば、村の農業を自然農法に切り替えで、ブランド化する。『阿部万梨亜のコメ』どが、『阿部万梨亜の野菜』ど銘打って、全国（ぜんこぐ）に販売するんです。農薬（のうやぐ）を使わなぐなれば、ミヅバチが元気に飛び回れるがら、『ミヅバチの郷(さど)』と名乗るごどもでぎるでしょう。ミヅバチが世界がら消えでしまえば、ほとんどの作物(さぐもつ)が実らなくて、深刻(しんこぐ)な食糧危機(しょぐりょうきぎ)になるどもいわれでます。だがら、この村の聖母マリア伝説(でんせづ)ど組み合わせれば、〝世界を救う慈縁郷〟っていう、おっきたキャッチフレーズをつけるごどだってでぎるでしょう。どうせやるなら、バガバガしいくらい、でっかぐおもしろぐやるんです。

　とはいえ、何をやるにしても、一朝一夕(いっちょういっせぎ)ででぎるごどではありません。しても、みんながそういう夢を持って、その理想に少しでも近づいでいぐ毎日(まいにぢ)だったら、村の暮らしも、もっとおもしろぐなるんでながべが。肝心なのは、村の人だぢ自身が、やりがいを持って、楽しぐ暮らしているごどです。自分だぢの暮らしに、自信ど誇(ほご)りを持っているごどです。せば、きっと、村を出でいぐ人もいなぐなるでしょう。興味を持って村にきてくれる人も増えるでしょう。だって、もどもどこの村には、宝(たがら)がつまってんだがら。自分だぢがその宝に気づぐごど、自分だぢ自身が宝だったど気づぐごど。そごがら、おらだぢの新だな村づぐりがはじまるんです。おらだぢが、この村をつぐっていぐんです」

　空き地から通りにまであふれた聴衆の一人ひとりに語りかけるように、仁吾は言葉を放った。他人と自分との間に横たわる見えない断絶、それを越えられるのは声にのせた言葉しかないとでもいうように。空中に発せられたその言葉が、実際にモノとして、かたちとして見えるのではないかとおれは錯覚した。仁吾の声、言葉に我知らず引き込まれているおれは、やがてどんどん希薄になって、自分がここにいることを忘れてしまいそうだった。おれはジャケットの上から左の肺のあたりに手を当てて、そこにたしかに庖丁がおさまっていることをたしかめた。手のひらに伝わるその硬い感触だけが、唯一、このおれを証立てるもののように思われた。

　だが、次の仁吾の言葉に、おれは我に返った。

「……日本中の地方の村ど同じぐ、この慈縁郷も、問題山積です。しても、みなさん。絶望すんのは、ハァいがべ。おらんどは、充分すぎるほど絶望してきたんでねがべが。しても、それはハァいがべ。これがらのおらんどは、絶望なんか、投げでしまいましょう！」

　ほとんど逆上するように、何か猛々しいものが底のほうからたぎってきた。おい、仁吾よ。今なんてへった。「絶望すんのは、ハァいがべ」だ？　それば言ってまったら終わりだべせ。いがも結局、人さ夢見させで、わっつり金儲げして、そのあど一切責任とらねぇやづらど一緒だってごどだべな。「この世は夢と魔法」がよ。「夢は必ずかなう」がよ。絶望しねんだったら、今度は希望がよ。ハッ！　いががへる希望なんてのは、おらのこのグズグズの、ドロドロの、ぐぢゃぐぢゃの、ねちゃねちゃの、陰毛みてぇにみっともねぇ現実ば、なぁんも救わねんだよ。みんなさもではやされで、いい気になったが？　もしそれで落選したら、どやすのよ。いがば応援する人だぢぜんぶ、絶望のどん底さ叩ぎ落どすごどになるべな。せばハァ、それ以上、喋んねぇほうがいい。そごでやめどげ。そんで、そのまま伝説さなれ。おらが、いがば伝説にしてやる。

　かすかな発火を最大限に燃焼させるべく、言葉という手で自分を激しく高速でしごくようにそう思った。これから起こす行為に、それでもやはり実感などない。けれど、それはもはや問題ではなかった。なぜならこれは「やるべきこと」、自分の感情とは別のところにある

「大義」だからだ。

「……おらは、この村が、大好きです。そして、そう素直に思えるようになったのは、こうして集まってくださった、みなさんのおかげです。だからこそ、おらはこう思うんです。――ジ・エンドじゃねぇぞっ、慈縁郷ォォッ！」

決めゼリフとなった最後のありったけの咆哮に、それを期待していた聴衆も同時に跳ね上がって声を重ねた。仁吾の声とみんなの声がピタリと重なり、ワアァッと大きな声に増幅して国道沿いに響き渡った。「おらも好きだー！」と声を上げる女がいて、男たちは「ジ・エンドじゃねぇぞっ、慈縁郷！」と何度も拳を突き上げてくり返した。なかには感極まって、顔を覆って泣いている女たちもいた。

聴衆の爆発的な歓声に包まれている仁吾のほうへ、おれは一歩踏みだした。そして、ジャケットの裏から庖丁を取りだそうとした。

――だが。

庖丁が・引っかかって・出てこなかった。庖丁をしまっておくために縫いつけた袋の口に、庖丁の刃の根元部分が食い込んだらしい。いくら力を入れても頑として外れなかった。庖丁の刃が飛びださないように頑丈な帆布を使ったのが裏目にでてしまったのだ。

こったらどぎに……クソッ！　焦りと怒りで頭が沸騰した状態になっていると、うしろのほうから仁吾のほうに向かって人々が押し寄せてきて、立て続けに二、三人に押しのけられ、おれは体勢を崩して地面に両膝をついてしまった。その拍子に、ジャケットの裏に縫いつけた袋の布からわずかに出ていたらしい庖丁の先端が、左の太ももに一瞬グッサリと突き刺さった。庖丁の柄を右手で固定したままの状態だったから、自分で突き立てたようにかなりつよく刺さってしまったのだ。これまでの人生で経験のない種類の痛みとともに、先端だけとはいえ太ももの肉に鋼鉄の刃物が分け入る感覚がありありと感じられ、そのショックでおれは悲鳴を上げた。

しばらく固まって動けないでいると、だれかに「大丈夫ですか?」と声をかけられた。涙目のまま顔を上げ、アッと息を飲んだ。あの怪文書でネタにした仁吾の妻が、心配そうにこちらを見下ろしていた。さらに、その背後から、あの、猫のように何を考えているのかわからない、そのくせすべてを見通しているような目をした女の子も、ますます黒々とした目を見開いてこちらをのぞき込んでいた。

「だっ、大丈夫です……」

おれは目をそらし、ようやくそれだけを言って立ち上がった。そのまま平静を装って車のほうに向かう、が、歩くたびに左の太ももに金属質の鋭い痛みが走り、血が脛のほうに滴り落ちるのを感じた。一歩ごとに体が左に傾いて、いかにも怪しいおかしな歩き方になっているとわかっていても、うしろを振り返ってふたりの表情をたしかめるわけにもいかなかった。

どうにか車にもどると、一瞬目の前が暗くなるほどの疲労があふれでた。最悪だった。みじめだった。村にとって決定的かつ歴史的な日になるはずだったのに、みすみすフイにしてしまった。部屋で何度も庖丁を取りだす練習をしたのに、このザマだ。あまり簡単に庖丁が取りだせてしまうとちょっとした拍子で落ちてしまうと思って、袋の口を少し絞ったのがいけなかったのか。それとも、力みすぎた勢いで引っかかったのか。どこまでおれは運に見放されているのかと暗澹(あんたん)とした思いに沈む。意味が見いだせないこの世界では自力で意味をつくるしかないのだとすれば、仁吾を伝説にするためにおれがいるという意味さえ実現できないおれがいる意味ってなんなのか。

すべてが終わったと思う。大義も果たせず、名久井に成果を見せつけることもできず、ただおれのヘソ天ならぬケツ穴天の動画が流されて世の笑い者になる。泣きたいのに涙はでなかった。暗鬱なのにすべてが乾ききっていた。

仁吾の事務所前の広場では、また仁吾の父の朗々たる歌声とともに、女たちのナニャドヤラの踊りがはじまっていた。円を描いて踊る踊り手たちにも、周りでそれに見入る人々にも、勝利を予感した喜びがあふれていた。当然、おれはこちら側にいて、あちら側にはいない。

4

翌日の投開票日は、運命の日というわりには、小馬鹿にしたみたいにのほほんとおだやかな曇り空だった。これまでずっと村内で響いていた選挙カーのアナウンスがぷっつり聞こえなくなると、時間の隙間の空白に投げだされた感覚におちいってしまう。

熊倉の選挙事務所に行くのはなるべく後回しにしたかったおれは、悶々としながら日中を家で過ごし、夕方になってようやく家を出た。事務所に行く前に、投開票所とされた村営体育館に行った。体育館は、村役場の広い敷地内にある。そして熊倉の事務所は、道路一本を隔ててその敷地の真向かいにあった。

記入台で鉛筆を手にしながら投票用紙を見下ろしていた。仁吾と熊倉。この場合、おれはどちらを書くべきかと悩んでいる。おれの一票で仁吾が勝てば、おれが手を下さずとも仁吾は伝説になってしまうんじゃないかなどと、もうそんなチャンスもないのにまだ未練がましく考えている。そのためらいの底には、結局、仁吾への嫉妬があるのだった。

大きく息を吐きだし、投票用紙に名前を書きこんだ。「山蕗仁吾」。二つ折りにした投票用紙を投票箱の隙間に落としながら、これでいいのだと思う。どう頭をひねって考えても、逆立ちや月面宙返りをしたとしても、熊倉に一票を入れる理由は皆無なのだから。

体育館の玄関口で、左脚に重心をかけないようにそろそろとスリッパから革靴に履き替えていると、「こんばんはぁ」「あ、こんばんはぁ。昨日はどうもー」と挨拶をかわす女たちの声がすぐそばで聞こえた。

「さぁ、いよいよだな」

「んだ。こっちまで緊張してまって、わがね」

「おらもおらも。昨日は目ぇ冴えで、寝らんねがったよぉ」

「おらも。なんとが、仁吾さんに勝ってほしいねぇ」

四十代ほどに見えるその女たちをはじめ、投票に訪れる女たちの表情がみな晴れやかに見えるのは、気のせいなのか。いや、気のせいじゃないだろう。そう思いながら体育館を出たとき、なぜかふと頭に浮かんだのは、土建業や農家などの男と結婚した何人かの外国籍の女たちのことだった。同じ女で、ここで何年も暮らしていても、また税金だって納めていても、彼女たちには選挙権がない。それもまた、あるのにないことにされている現実だった。

敷地内の駐車場に止めた車で一寝入りしてから事務所に出頭しようと思った。昨夜は名久井から何度も着信があった。でない権利もあるのだと無視を決めこんでいると、なんと、A子から突然電話がかかってきたのだった。あれ以来やりとりのなかったA子から電話とは、名久井の指示ではないかと疑ってしまう。迷ったけれど、その後の様子が知りたかったので電話にでた。すると、開口一番、彼女は真剣な声で「逃げだほうがいいよ」と言うのだった。彼女が言うには、選挙が終わればおれは用済みになる、そしておれは名久井の政治家生命を揺るがすリスクそのものだから、消されるかもしれないのだという。

消される……？　思わず「ハ？」と笑ってしまったが、冷静に考えれば、ありえなくもない話だった。しかし、いくらなんでも名久井がそこまでやるだろうかと伝えると、A子はため息をついてこう言った。

「あの人はなんもしながべ。殺せって指示するわげでもないし。んでも、『明治に日本を戻す会』のだれがに、これこれこういう不安があるって打ぢ明げれば、その会の裏の実行部隊が、勝手に動いでける」

これまでにも同様のケースがあったことを知っているという淡々とした口調だった。いろんな疑問が湧いた。そのうちの一つ、だったらそれを知るA子自身も危ないのではないかと聞こうとしたのだが、彼女は「とにかぐ、早ぐ逃げで」とだけ言って、一方的に電話を切ったのだった。

その電話の不穏な内容と、太ももの傷が疼くせいで、さっき「寝らんねがった」と言っていた女たちと同様、おれも昨夜はほとんど眠れなかった。おれの身に危険が迫っていることをなぜわざわざA子は教えてくれたのかとか、A子が名久井から逃げられないのは絶対的な監視下に置かれているからではないのかとか、いろんな考えがぐるぐる渦巻いてしょうがなかった。それにしても、なぜこうも事態は悪いほうへ進んでいくのか。出刃庖丁を仕込んだジャケットを今日も着てきたのは、もしほんとうに実行部隊がやってきた場合に対処するためだった。昨日の失敗をくり返さないよう、庖丁を取りだしやすいように袋の口はちゃんと広くしてあった。

車に乗って、用心のためにドアのロックをかけた。運転席のシートを倒して目をつぶっても、すぐ寝られるものではない。けれど、夜の八時に投票が締め切られ、結果がわかるのは十時はすぎるだろうから、寝ておく必要があった。A子の話がほんとうであれば、結果など見ずに逃げるべきなのだろうが、ここまできたら、やはりどうしても結果は知りたかった。それに、何か起こるとしても、今日ではない気がした。もちろんその予感は、そう思いたいだけで根拠はないわけだが、名久井に一度会って反応を確認してみないことには、次の動きを考えることもできない気がした。

おれ自身が名久井にとってリスクになるというのであれば、村議をやめても意味がないだろう。おれが生きてうろうろすること自体がリスクなのだ。とすれば、リスクと思われないためにはどうすればいいのか。もしも逃げないで村で暮らすのなら、名久井に対して完全な服従を誓って、奴隷となって働くしかないのか。では、どうすればその誓いを認めてもらえるのか。仁吾が当選したら、そのときを狙って暗殺するとか？　しかしそれではおれの社会上の生活も絶たれてしまう。逃げるか、奴隷となって仁吾を殺し、刑務所で刑の執行まで生きるか。おれが生存する方法は、そのうちのどちらかしかないのか……？

どちらかを選べと言われても、どうしろというのか。どっちを選んでも地獄という八方塞がりなのに。思考が麻痺し、やがて眠りに落ちていく頭のなかで、なぜかかつて聴いたことがあるあの歌がとぎれとぎれに聞こえていた。それは、あの教団のビルに連れていかれたときに観せられた映画『ブラザー・サン　シスター・ムーン』の主題歌だった。英語の歌が流れるなか、最初の「ブラザー・サン　シスター・ムーン」以外は訳詞を忘れたせいで勝手に頭が創作したらしい歌詞までが、字幕のように脳裏に映しだされていた。

ブラザー・サン　シスター・ムーン
世界はあなたの声で満ちているのに
私の心は私のことだけでいっぱいで
風に手を差しのべ　陽射しに頬を差しだす
そのときようやく気づく　私はここにいる
小鳥も虫も野の花も　祝福に包まれ　ここにいる

……………

熊倉の選挙事務所のなかは、ぷんとかすかに酒の匂いが漂っていた。来客にだすお茶用のヤカンに、水ではなく日本酒を入れているせいだった。それを目当てにして来る支援者のオヤジ連中がいる。役場近くの食料品店やガソリンスタンドの経営者、農協幹部といったその連中は、事務所の隅で酒をすすり、ひそひそと笑い声をもらしながら言葉をかわしていた。

「まんず、久々の選挙だったな」

「んだ。たまには、選挙もいいもんだ。にぎやがになって」

「選挙ぁ、祭りど一緒だおん」

「しても今回は、おなごど若ぇのが、やだら頭さ血ぃのぼらせでだな。何がどやったんだが」

「んだすけよ。ほにほに今回は、おらほのカガさ手ごずったじゃ。どやっても仁吾さ入れる気なって、きかなぐなってハァ」

「ハハ。おらほうもだ。いい歳したババが、急に盛りついだおんたぐなって」

結果がでるのをジリジリ待つという感じのないこのオヤジたちも、なんとなく空気に流されての熊倉支持なのだろう。村の将来にとくに関心もなく、ただ選挙の雰囲気を肴に酒を飲んでいる彼らのそばで、おれはぼんやり座っていた。名久井と熊倉は、片目だけ入れた選挙ダルマを置いた正面前方にいた。名久井にはすでにしっかりと嫌みを言われていた。夜になってようやく顔をだしたおれの顔を見るなり、また事務所の外に連れだして言うのだった。

「おい、いが、事務所さツラもださねんで、何やってったっきゃ。なめでんのがコラ、あ？昨日、『ご期待ください』ってへったのは、ありゃなんだったたっきゃ」

「あれは……、失敗しました」

「ハ？　失敗した？　何さ失敗した？」

「それは、ちょっと、言えません」

「言えねってが。ハッ、なんもやってながったんだべせ。せば、いが、クソだべせ。役立ずのカスがなんもやんながったら、クソだべ、クソ以下だべ、生ぎでる価値ながべ、なぁ。このクソ、クソクソクソ。あーくっせぇ、寄るなクソ」

そう言いながら、尖った革靴の先でおれの脛を何度も蹴ってくるのだった。脛にイラつく痛みが走るとともに、蹴られた振動で左の太ももの傷まで疼いてきた。一度は態度が弱まったようでいて、ついにおれの体に攻撃してくるようになったかと、胸に隠した庖丁をつよく意識した。あの坊主頭のいない今なら、確実にこいつをぶっ刺せると思った。そうすれば、すべてが終わる。おれも終わるが、逃げ回ったり奴隷になったり、殺し屋の出現におびえて暮らす必要はなくなる。だが、結果的にそうしなかったのは、小学生レベルの罵詈雑言を並べて暴力を振るう名久井の行為に、遠慮ともちがう、どこかめんどくさそうな気分が感じられたからだ。あと一時間もすれば開票結果がわかるという状況のなかで、今さらおれを責めても労力のムダだと思っているのかもしれなかった。

「いが、おらが許可しねぇうぢは、金輪際おらさ近づぐなよ、住む世界がちがうんだがらな。わがったど、蜂谷ゴミクソ。ああ、今度からいがばそう呼ぶべ、蜂谷ゴミクソ」

県知事をねらう県議と、なんの力もない一介の村議。住む世界がちがう名久井が、選挙があればこそいちいちおれにかまってきたのだとすれば、もう今後はかかわりはないのかもしれなかった。だったら、おれを消すという発想も生まれないのではないかと思っていると、名久井は事務所にもどるまえに、こう捨てゼリフを残していった。

「せいぜいあど数日、楽しんどげ」

その言葉をどう解釈するか、とおれはずっと考えている。たんにおれのケツ穴天の動画を流すという意味かもしれないし、A子が言ったような意味かもしれない。名久井は選対本部長の木下や朝尾セメントの社長ほか何人かと浮かない顔で何か話していた。事務所内は、おれの近くにいるほろ酔いのオヤジ連中以外は、だれもが一様に冴えない表情を浮かべていた。熊倉などは、立候補者とは思えない希薄な存在感で、蝉の抜け殻みたいになって虚ろに下を見ていた。声をかける者はだれもいなかった。熊倉は最後の選挙演説で、よほど追いつめられたのか、自分は聖母マリアの末裔だと力説しはじめたらしい。

時刻を見ると、もう十時をすぎていた。体育館で行われている開票の結果を見に行っている村議の田中は、まだもどってこなかった。煙草を吸いに出ると、通りを挟んですぐ向かいの役場の敷地のほうから、集まった大勢の女たちの悲鳴が聞こえてきた。「まさか」「なぁして?」という悲痛な声が聞こえた。すると、そちらのほうから黒縁メガネをかけた田中が全力疾走でやってきた。田中が大きく手を振って走る姿なんてはじめて見た。ひどく慌てたような、その事態を自分でも信じられないような、半分正気が飛んだような顔だった。田中はおれのそばまで駆け寄ると、

「勝った……、勝った！　二百票差だった！」

うわずった声で叫び、そのままの勢いで事務所に飛びこむと、「熊倉さん、勝ぢましたぁっ！」と甲高い声で叫んだ。すると、一瞬静まり返った事務所内は、突如建物全体が揺れるほどの大騒ぎになった。

二百票差。そう田中は言った。その数はちょうど、バスを出したり、拉致するようにして

期日前投票につれて行った老人たちの数と同じだった。追いつめられてすがった奇策が勝敗をきめた。逆にいえば、それがなければおそらく負けていた。

万歳三唱が鳴り響き、歓声と拍手がやまない事務所を背にして、おれは煙草に火をつけた。怒号にさえ聞こえるほどのあの喜びよう。それだけだれもが、本気で危機感を抱いていたということの証だった。

で……？　とおれは思った。

それで……？

おれの位置からは、役場の敷地に集まった、仁吾を応援する女たちや若者たちが悲嘆に暮れている様子がありありと見えていた。肩を抱き合って泣き叫ぶ女たち。不満の声を上げながら、体育館の入り口や、まだ明かりのついたガラス張りの役場の玄関前に押しかけていく女や男たち。「不正選挙だよ！」と声を上げる女。「ハァ慈縁郷は終わった、ハハ、完全ジ・エンドウだ！」とヤケになって叫ぶ男。

いざこうなってみれば、新味のない、おそらく日本中でずっとくり返されてきた光景だと思えた。仁吾の事務所の通夜のような静けさが想像された。こんなときでもあいつは、「絶望すんのは、ハァいがべ」と言えるのだろうか。絶望しきるわけにはいかないと、息も絶え絶えの状態で立っているつもりだろうか。……仁吾、おらんどは、いづまでそうしてねえば（そうしていないと）わがねんだ（ならないんだ）？

スマートフォンを取りだした。そして、とくに感情もなく、隠し撮りした名久井の脅迫動画三本と、選対本部長の木下が運動員にカネを渡している公選法違反の動画三本をYouTube

にアップした。山あいのこの村では電波のつながらない場所が多いが、ここは役場に近いからか、わりとスムーズにアップできた。どこかの段階でアップしなければと思っていたのだが、今だという気がした。アカウント名は、一度「蜂谷ゴミクソ」にしかけて、「慈縁郷村議／蜂谷史郎本人」に改めた。告発の信憑性を疑われるのは時間のムダだからだ。至近距離のときは顔が映っていない名久井の動画がどう判断されるのかは未知数だったが、陣営の責任者の木下が公選法を違反した場合は、連座制で熊倉の当選は無効となる。すると、村長選には繰り上げ当選はないため、再選挙となるはずだった。

実名で動画をのせたのだから、もうすべてが後戻りはきかない。後戻りするつもりもなかった。その気持ちの勢いのまま、仁吾の電話番号にショートメールを送った。アップした動画のタイトル「名久井県議の脅迫と違反」「熊倉陣営の公選法違反」を記し、検索して観てくれと。そして、「申し訳ながった」と文末に添えた。「あぎらめんな」とも添えた。なぜか標準語ではなく訛りそのままで書いた。

なんとなくだが、もうそのときにはおれは「ああ」と悟っていた。結局はやはり、そうなるしかないのかと。

入りきれずにいる人たちを無理やり押しのけて、まだ沸き立っている事務所に入った。名久井の挨拶が終わったばかりのようで、両目を書き入れた大きなダルマが、なぜかみんなの頭越しにワァワァと手渡されていた。朝尾セメントの社長は肉のたるんだ顔を脂でてからせ、からくり人形のように万歳をくり返していた。頭髪の薄くなった日焼け顔の男たちが、子どもみたいな笑顔で肩を叩き合って喜んでいた。いつも皮肉な顔つきの木下は、ふだんよりは満足そうに口元をゆがめて笑っていた。名久井は広い額に前髪が三日月形にたれ落ちているのも気づかず、やはり無邪気に喜びをあふれさせて、だれかれとなく握手をかわしていた。さっきまで死人同然に思えた熊倉は、うって変わって呵々大笑しながら周囲の人たちに軽口を叩き、ズボンのベルトに両手の親指を入れてうしろにふんぞり返っていた。八戸から応援に駆けつけていた、三十代の栄民党の女性市議が前を通るとその丸い尻をすかさずなで、やんやと場を沸かせた。尻をなでられた市議は、目を丸くしながらも、怒りもせずに男たちに調子を合わせて笑っていた。

　その光景を眺めていると、ふいに強烈な嘔吐感が湧き起こってきた。顔から血の気が引き、視界に影がさす。立っているのも危うくなって、思わず身をかがめて壁に手をついた。あふれでてくる唾を飲みこみ、冷や汗を浮かべながら、昔、美術の教科書か何かで見た絵を思いだしている。剣を掲げた天使たちの周囲を乱れ飛ぶ、魚に手足が生えていたり、ムール貝の翼や楽器の体を持っていたりする、ひどく奇っ怪な魔物たちの絵だ。子どものころから昔の人が描いた妖怪や幽霊の絵が大好きだったおれは、中世末期の画家が描いたその絵にも興奮して見入ったのだ。目前の浮かれ騒ぐ男たちの姿に、あの絵の魔物たちを脳裏で重ねながら、おれはこうつぶやいている。

　……コレンドア（こいつらは）、コノママ、イッショウ、カイシンスルゴドア（改心することは）、ネエンダベナ（ないんだろうな）。コレンドア、ズーット、コヤッテキタンダベナ（こうやって来たんだろな）。

　息を吐きだし、視界が正常にもどるのを待って、ゆっくり顔を上げた。そして、まだダルマをワァワァ大騒ぎして手渡している者ら全員を睨めつけるように見渡しながら、物色した。

まずはだれに向かっていくかを見定めていた。取りだした庖丁はジャケットで隠していた。名久井の顔が見えた。その隣りに朝尾セメントの社長がいた。そのふたりにおれは焦点をしぼった。

　このときにはもう、太ももの痛みなど忘れていた。だれにも気づかれないよう神経を集中させ、人をかわしながら名久井のほうに近づいていく。男たちの大騒ぎに、何度もそれは中断された。熊倉が当選したってちいさな利益にあずかるだけだろうに、何がそこまでうれしいのか。選挙期間にはなかったこいつらの熱狂がしらじらしい。その騒ぎの底で、ひとり静寂に包まれて、お前ら、おれはもうぜんぶわかってんだぜ、と思う。お前らみんな、ほんとうは虚ろなんだろ。神頼みも先祖供養もするくせに、本心じゃ神も仏も、万物に宿る霊さえも信じちゃいねぇんだろ。この世には守るべきモラルがあるかもなんて、考えてみたこともねぇんだろ。その虚ろに底が抜けた心に、愛国だの、金儲けだの、地位だの恋愛だの家族愛だのって別の何かを入れこんで、自分の人生の根拠のなさを解消したつもりになってんだろ。それは結局おれだって同じなんだろう、でもお前らは、おれ以上に、一切、なぁんにも信じちゃいねぇんだろ。そうやって、自分が食うぶんはちゃんとあるくせに、これからの人間が食うぶんまで食ってしまってんだろ。

　……不信心者（もん）が。

　そう心で激しく罵った。もし口で言っても、こいつらにはその意味がわからなかっただろう。けれどもおれにはそれは、満身に力をこめて放つ、最大級の侮蔑の言葉なのだった。

　名久井のすぐそばまで来た。気配を消したおれに向こうは気づいていなかった。ジャケットの裏で庖丁を握り直した。焦らず確実に首を突くつもりだった。名久井を突いたら、すぐに朝尾に向かう。

……あどは、ハァ知らねぇ。いがんど（お前ら）全員、地獄（じごく）さ連れでいぐ。

呼吸を整え、身構えた。そのとき、頭上でダルマを受けとっただれかの肘が、横にいたおれの頭をまともに強打した。それからおれは、もう何もわからなくなった。

天空の絵描きたち

風が吹いているのも気づかなかった。ヘルメットの下の頭皮ににじんだ汗が、こめかみから頬に張りついた髪をつたい、毛先で玉となって落ちていくのにも。

屋上のへりに立った安里小春は、背後を振り向き、ある一点に目をすえていた。膝の高さほどしかない、パラペットとよばれる屋上の壁に自分でセットした、真新しい二本のロープの結び目を見ていた。会社から支給された、紺色・半袖のだぶだぶのつなぎを着て。窓拭き用の清掃道具をぶらさげた安全帯を腰にしめて。何を思うわけでもなく——、しかし目が離せずに。パラペットの平らなてっぺんをおおった金属板のあちら側に、メインロープに接続したブランコ板が下げられていた。横の長さ六十センチ、幅十八センチ、厚さ三センチほどのブランコ板。小春はこれからそれに乗り込んで、作業を開始するところだった。

直径二センチほどある三つ縒りのロープは、どちらも少し奥まったところにある鉄骨の支柱に結ばれている。小春の重心を支えるメインロープは、オレンジ色。もう片方は水色で、これは万一の場合の命綱となる補助ロープだ。その補助ロープと彼女の安全帯は、ロリップという器具でつながれている。別々の支柱に結ばれた二本のロープは、支柱からパラペットまでまっすぐに、ほぼ水平にのびていたけれど、奥行が五十センチほどのパラペットの角を境にして、ふっつり見えなくなっていた。つまり、そこから先はもう、鳥や昆虫くらいしか行き来できない、十五階建てのビルの外である。ロープは地上まで、何にも遮られることなく壁沿いに垂れ下がっている。

屋上の約五十メートルの高さからだと、車道を行き交う車も、歩道を歩く人も、街路樹も、なぜか輪郭のくっきりした、つるつるしたミニチュアの玩具の質感をおびて見えてくる。今現在そこに「人生」なるものを抱えた人たちがいるという実感が希薄になる。前に向き直った彼女の視界のなかにも、そんな現実感の薄まった地上の光景は映り込んでいる。

小春はふっと息をつき、からだを屈めてパラペットの上にのった。迷いはなかった。あるわけがなかった。自分は今、これを下りなければならない。なぜかわからないけれど、やらなければならない。その思いしかなかった。権田さんのかわりに、と。

彼女のそばでは、彼女と同じつなぎを着、同じ青いヘルメットをかぶった黒沢や武田ら男の作業員が取り巻くように見守っていた。またすぐ隣りでは、すでに自分のロープをセットしていつでも下りられる態勢を整えた羽田(はねだ)が、彼女の表情をふくめたすべての動作をみつめていた。

両膝をついた小春は、まず左手でメインロープをにぎり、それからそろそろとパラペットの外側へ、ビルの外へと右手を下げていく。パラペットの角からやや下に、メインロープとブランコ板を連結させるシャックルという金具が下がっている。「シャックルの下」、そう彼女はいつものように心のなかでつぶやく。それは絶対に忘れたりまちがってはいけないことのひとつだった。シャックルとロープの摩擦によってブランコ板は落ちずに止まっている。シャックルをくぐった下の部分のロープをつかめば、ロープに重みが加わるだけ摩擦が強まり、ブランコ板に体重をあずけても落ちることはない。逆にもし、シャックルよりも上の部分のロープをにぎってしまえば、体重をあずけた途端にシャックルもろともブランコ板はずり落ちてしまうだろう。結果、人は宙吊りになる。

小春は注意深く、シャックルの下の部分のメインロープをにぎり、たるまないように軽く体重をかける。左手でロープをつかんでからだを支えているとはいえ、ビルの外側に重心が傾いた不安定な姿勢である。むしろはやく、パラペットに上半身をあずけ、ブランコ板に足をかけたほうがいい——。

しかし、そこで動きが止まった。次の動作を頭ではわかっていても、そこからからだが動かなかった。はじめて、身をしぼられるような恐さを感じた。

換気口から空気が吹きだすかすかな音以外、シンと静まりかえった地下の控室に、武田と八屋(はちや)の大きなイビキが交互に響いている。ひとつの低音しかだせない、壊れた弦楽器の二重奏に聞こえなくもないそれらの音に、すぐそばにいる栗原のすうすうという寝息もかさなる。生きものが眠る音、と小春は思う。ふつう、他人の寝息をこんなふうに間近で聞くことはない。そういう「ふつうはない」ことが、この仕事には満ちている、と、先月の一月に二十五歳になった彼女は思った。ガラス清掃を専門に行う「サエキビルサービス」に入って、もうひと月たっていた。

なぜ、高所作業をともなう「窓拭き」だったのか。友だちにも川崎の実家の母親にも聞かれたその質問に、小春はうまく答えられない。「たまたまそうだった」というのが正直な気持ちだけれど、きっかけがないわけではなかった。それは昨年の夏、印刷物のデザイン会社に勤めていた彼女が、徹夜作業を終えて家に帰ろうとしているときだった。

もうろうとした頭で阿佐ケ谷駅で降りたときには、もう八時半をすぎていた。無言の塊となって駅に向かう人波と逆行して、アパートへの帰り道をたどる。すでに熟れきった日差しが路面にそそいでいた。その照り返しが充血した目にしみた。歩道脇に積み上げられたゴミ袋のそばを通ると、魚と果物の匂いが入りまじった異臭が鼻をつく。

はやくシャワーを浴びて寝たい。でも、昼過ぎにはもう会社に行かなくてはならないことを思うと、うんざりを通りこして泣きたくなった。あたしはなんで、毎日毎日こんなことをやってるんだろう。新聞配達しながら編集デザインの専門学校行って、何十社も回ってようやく就職したのは、こんな生活をするため？　通信販売のカタログとか、一見華やかなのに内容は「着回し術」ばかりの女性誌をつくるため……？

と、いきなりすぐそばに、何かの塊が降ってきた。その塊は、タンッ、と歩道に足をつくとそのましゃがむような体勢になり、それからすっくと立ち上がった。人だった。大柄な男だった。紺のつなぎを着て青いヘルメットをかぶった男は、驚いて動けずにいる彼女に背中を向けたまま、上からぶらさがっているロープから何かの器具をはずし、腰のところにあった板を背中に斜めがけにしてビルの入り口のほうへ向かっていった。

小春は放心してみつめていた。これは一体なんだろう。忍者？　米軍かどこかの特殊部隊？　——まさか。

頭が正常に働かない。それでも、自分の胸がドキドキしているのだけはわかった。

男はビルに入るまえに、ふいに振り返った。そして小春の視線に気づく。男はちょっと驚いたように目を丸くし、ふと笑みを浮かべると軽く頭を下げた。小春もあわてて会釈を返す。男の姿が見えなくなると、思わずほうっとため息がでた。それがおよそ七か月まえのことだった。

小春は携帯で退屈しのぎのゲームをしていた手を止め、控室の床にじかに寝転がっている仲間たちを眺めやった。細長いロッカールームのいちばん奥に場所をとった彼女からは、みんなの様子がすぐに見渡せる。

彼女の手前で細身のからだをこちらに向けて寝ている栗原は、三十三歳のシングルマザーである。離婚歴三回、子どもは四人。小春よりも一年先輩で、ぶっきらぼうでいて案外世話好きな彼女にはいろいろ教えてもらって助けられているものの、ヒョウ柄やド派手な色の服が好きなのと、まつげをマスカラで異様に長く伸ばしているのには、会うたびにあっけにとられてしまう。「これが帝王切開のあと」と、つなぎのジッパーを開けて見せられたこともある。子どもがいるのに危険作業をすることをどう思っているのかは、まだ聞けていない。

その栗原の向こうで、彼女たちのために通路をあけているのか、左にずらりと並んだロッカーにぴったり身を寄せて天井を見上げている田丸は、みんなから「下張りクン」と冷笑まじりに言われている二十歳の男だった。「下張り」というのは「下見張り」を略した言い方で、ゴンドラやロープ作業をしている真下にバリケードを張って、地上の歩行者に落下物があたらないよう、汚水がかからないよう監視する役目のことだ。田丸は小春よりも半年先輩だが、いつも、小春のような新人がやることが多い下張りばかりさせられていた。「ネジが一本足りない」という意味で「ネジタリン」というあだ名もつけられている。父親が有名企業の重役で、とくに働かなくていい実家住まいということから余計仲間たちに軽んじられている様子だったけれど、つねにはにかんだように笑っている田丸のことは、小春は不思議とイヤではなかった。

田丸の斜め向かいの壁際に寝そべっているのは、二十代後半の八屋である。ガラス歴三年。腹の上で両手を組んでイビキをかいている彼は、妻帯者なのにしつこく飲みに誘ってくる。しかも、教えたおぼえはないのにいつの間にかメールアドレスを知っていた。仕事では自信なさげなのに女性作業員にはなれなれしくて、小春の「油断できない人物リスト」のひとりに入れられていた。

八屋の向こうでは、大学の夜学に通って環境デザインを学んでいる武田が、からだを丸めて広げたジャンパーにすっぽりくるまっている。肩まで金色に近い髪をのばし、しょっちゅう夜遊びをしているようだった。ちゃらんぽらんに見えるけれど仕事には隙がなく、入ったばかりの新人が屋上で危ない動きをしているときも、すぐに声をかけてやめさせていた。小春には武田という人間が、まじめなのか不まじめなのかいまひとつよくわからない。

武田のさらに向こうの、ロッカールームの出入り口となるドアのまえでは、四十六歳の権田が、毛糸の帽子を鼻までかぶり、マフラーをして大の字になっていた。丸の内にあるこの千代丸ビルのガラス清掃責任者で、勤続二十年の大ベテラン。筋肉質の大柄なからだで、いつもおだやかに笑っている。口元にも頬にもヒゲを生やした見た目のせいか、みんなから「クマさん」とよばれ慕われていた。すでに高校生の子どもがいる既婚者だけれど、昼時には自分でつくってきたという弁当をかき込んでいた。武田はその権田を補佐する副責任者である。見た目も年齢も性格もまったく異なるふたりなのに、現場がかわってもコンビを組むことが多かった。

三十三階建てビルの地下三階にある、二月だというのに暖房の入らない小部屋でひっそりとからだを休める自分たち。地面の下にひそむ虫みたいだと小春は思う。ひと月働いてすでにあちこちの現場に回されたけれど、どの現場の控室も似たようなものだった。暖房が入らなくても部屋があるだけまだいいほうで、吹きさらしの屋上の床とか、階段の踊り場、資源ゴミの分別場の一角が休憩場所ということもある。

小春はドアを見やるふうにしながら、ゆったりと腹を上下させて寝入っている権田に視線をうつす。――おっきい。小春には彼が、あのとき上から降ってきた人に思えてならない。阿佐ケ谷にうちの現場はないというから、ちがうと思いながらも、その面影を権田に探してしまう。が、目のまえにいる栗原がいきなり頭をもたげたので、あわてて視線を手元の携帯に移した。栗原は腕時計で昼休みの残り時間を確認しただけのようで、また枕がわりにしているスポーツバッグに頭をのせた。

八屋が起きだし、トイレか喫煙にでも行くのか、通路をふさいだ武田をまたぐと、いきなりからだを起こした武田が下から八屋の尻を指でついた。「アッ」と声を上げて八屋は全身をのけぞらせる。「イエーイ」と勝ち誇る武田に、彼より年上でも仕事ができない八屋は片手で尻を押さえながら「何すんだよもう」とへらへら笑った。

午後もゴンドラ作業だった。八屋がもどってくると、権田は顔を両手でこすりながら、「じゃ、準備して行くか。みんな、寒くないようにな」

そう言って、ぱんぱんに着ぶくれした田丸に下張りの場所を伝える。権田は床に置いたビルの図面を見せながら、田丸が納得するまで根気よく教える。すでにヘルメットをかぶった田丸も図面をのぞき込み、熱心に理解しようとする。色白で、鼻先もアゴのラインもやわらかいカーブを描いた横顔は、小学生の男の子にも見える。

「え、え、つまり、午前中と同じところが作業場所で、つまり、ボクがビルに向かって立つと、左が東京駅で、右が皇居で」

「うん、そうそう」

「それで、東京駅のほうの角からはじめる、ということですね。二本終わったら休憩して、次は、皇居のほうに移動して、その角を二本。バ、バリもいらないと」

「うん、このビルは七階でこう出っ張ってるから、バリケードもいらない。でも、もし風にのって落滴があるようなら、シーバーで教えてくれ」

「……………」

「なんか聞きたいこと、ある？」

「ああ。落滴は、ひとつやふたつですぐに止まるようなら、教えなくていいから。でも、パラパラつづけて降って、人にかかりそうなら、すぐ教えてくれ。了解？」

「りょ、了解」

「寒いだろうけど、たのむぞ。だいじな役目だからな。『地上を守る番人』だよ」

肩をポンとたたかれた田丸は、細い目をますます細め、ニッと照れ笑いを浮かべた。権田さんってすごいな、と小春は感心する。毎回同じ説明をしなければならないことに、ほかの責任者ならとっくに怒りだしているだろう。実際、どの現場でも「使えないやつ」と言われてクビになりかけていたのを、権田が引き取って、わかるように指示すればちゃんと動けるまで育てたということを、以前武田から聞かされていた。ふたりの様子を横で眺めていた八屋が、失笑をもらす。

控室をでて、みんなで貨物用エレベーターに乗る。一階で田丸だけ下り、残りの五人はそのまま三十三階の最上階まで乗っていく。ヘルメットをかぶり、つなぎの上にジャンパーを着込んだ地中の虫が、空の高みへと一気にのぼっていく。めずらしく、最上階にあるレストランに配達をする人も、途中のオフィス階に行くサラリーマンも乗ってこなかった。

「あ、やべ」

それまでだるそうにエレベーターの壁によりかかっていた武田が、急に前屈みになってにやにや笑った。

「どうしたの」

武田の隣りにいた栗原がスマートフォンをいじりながら聞く。マスクで口元をおおっているから、まつげが上下に長々と伸びた目ばかりが極度に目立っている。

「勃起しちゃった」もじもじしながら武田が言う。

「なんで？」

「いや、意味もなく」

「若いんだねぇ」

栗原はただそうつぶやいて、またスマートフォンに目を落とす。

ないない、と小春は心のなかでツッコミを入れている。こんな会話、ふつうないよ。

「ねぇ、クリちゃん」武田が栗原に声をかけた。

「ちょっと、その呼び方やめろっつっただろ？」

「お願いがあんだけど」

「何よ」

「コレどうにかして」

「どうにかって、どうしろっての」

「お母さんのように、やさしくなでてほしい」

「いいけどさ、金とんぞ」

冷たくあしらわれても、武田はまだこりなかった。

「あのさ、栗原さん」

「うぜぇ、なんだよ」

「まつげで空、飛べそうっすね」

その発言に、一瞬エレベーター内にヒヤリとした沈黙がおりた。栗原の腕には、かつてヤンキーだったころに自分で煙草の火を押しつけたという、ケロイド状の根性焼きの跡が五つもある。小春が息をのんでいると、マスクをしたマネキンを思わせる顔で武田を見ていた栗原は、

「……こうやってパチパチして？」

わざとおおげさにまばたきしてみせた。

「そうそう！　飛ぶ飛ぶ！」

爆笑する武田につられて、小春も思わずふきだしてしまう。権田も八屋もげらげら笑った。栗原が「飛べるわけねぇだろっ」と武田を蹴るふりをしたので、さらに笑いは大きくふくらんだ。

エレベーターが最上階に着いた。非常階段をのぼった先にある扉を解錠して、巨大な室外機が並んでいる屋上にでる。でた途端、身がすくむような寒気に包まれ、思わず歯をくいしばった小春の口から「うぅ、さみぃ」と声がもれた。鼻の頭と耳の先がぴりぴりする。こんなときに水仕事なんて。

権田を先頭に、なおも階段で上のヘリポートをめざす。この階段ののぼりがいつも地味にしんどい。太股と尻の筋肉がミシミシと無音の音を立てている気になる。小春は息を切らしながら、このお尻小さくなれ小さくなれと心で唱える。ヘリポートを取り囲むようにして二本のレールが敷かれていて、ゴンドラの台車はそこに止めてあるのだった。小型の戦車に似

ていなくもない、白い武骨な箱形の台車からアームが一本のびている。上下に動き伸縮するアームの突端には、彼らが「先端」とよぶT字にはりだした鉄棒がついていた。その鉄棒の両脇から二本ずつのびたワイヤーが、彼らが乗り込むケージを吊っている。

安全帯にぶらさげている腰道具は、午前中の作業終了時にレール脇の鉄柵にかけてあった。それを腰に巻くと、小春の気持ちは仕事モードに切り替わる。さっきまで感じていた億劫さが、「なんでもやってやる」という気分になる。

レールに着床しているケージに乗り込むまえに、小春は念のため自分の装備を確認した。安全帯の右脇に下げてある筒形のホルダーには、どちらも「T」の横棒を長くしたかたちのシャンプー棒とスクイージー。お尻のほうには帆布のような生地の腰袋がふたつ。右には手直し用の乾いたウエス、左には濡れ拭き用のそれ。ちゃんと入っている。手直し用のウエスの乾き具合は……？　手には台所用の薄手の手袋をはめていたので、頰にあててたしかめ、まだ生きていると判断する。清掃後にガラスに残った水滴を拭きとる仕上げ用のウエスが死んでいる（濡れている）と、拭いたあとがそのまま白く残るから、要注意だ。窓拭きの基本セットの点検を終え、今度はゴンドラ作業に必須となる、ケージと自分のからだをつなぐランヤードと、シャンプー棒とスクイージーの落下防止のためのカールコードを確認する。もちろん、肩まである髪の毛はうしろで結って、ヘルメットもかぶっている。――準備よし。

レールの上に立ってケージによじのぼる。からだが小さいぶん、ヨッと飛び跳ねるようにしなければならない。中央でボタン操作する権田の右側に乗り込むと、すぐに安全帯にかけていたランヤードのフックをはずし、ケージについた小さな輪にひっかけた。一度ひっかけたらはずれないようになっているフックには一メートルほどの長さのロープがついていて、そのロープはへその緒のように、彼女の安全帯の左側にあるD環に結ばれている。

右にいる栗原と左の権田に挟まれたポジション。権田のさらに左にいる武田と八屋に挟まれるよりも断然イイ。

「みんなオッケーかぁ？」

権田の声に、それぞれ「ハイ」「オッケー」と応じる。

「八屋さん、オッケーじゃないだろ」

権田に言われ、八屋は「あっ……」と声をもらした。自分のフックをケージにひっかけていなかったのだ。ケージが揺れて放りだされたら、すぐ真っ逆さまに落ちてしまう。いちばん重要なことを、小春もうっかり忘れることがある。思わずもう一度確認する。

「ダメだ、緊張感もたないと」

「すんません」

「ハイ、上昇」

ワイヤーに吊られ、ゆっくりとケージが持ち上がっていく。鉄棒の近くまで上がりきると、「台旋」と権田が言い、台車を旋回させる。ケージはレール上から、いよいよビルの外にでていく。地上約百メートルの空中へ。この瞬間が小春は好きだった。

はるか下には、歩道を歩くゴマ粒みたいな人の頭と、ミニカーよりも小さな車のつらなりが見えている。左下には、東京ディズニーシーにでもありそうな、新東京駅の完成間近の銅色をした屋根。その奥には山手線や新幹線が発着するホームの屋根が何列も並んでいる。通常は下から見上げる屋根を、ここでは上から見下ろしている。左斜め方向に目を上げれば、今は最近できたガラス張りのビルにさえぎられて見えないけれど、レインボーブリッジやフジテレビのあるお台場の先に東京湾も遠望できるはずだった。右手に視線をうつせば、皇居を取り巻くお濠と、都心ではまずありえないほど、こんもりと葉を繁らせた木々の広がり。そのなかに、宮内庁なのか、屋根が薄緑色をした洋館ふうの建物も見える。もしも身長百メートルの巨人がこの丸の内に現れたら、自分たちがいた下界はこんなふうに見えるだろうなと小春は思う。その巨人はきっと、足元のゴマ粒たちが今何を考えてるかなんてわからない。蹴散らすのに、きっとなんのためらいも抱かない。

まえを向くと、千代丸ビルの向こうにたつ、明るいレンガ色と白の外壁が縦のストライプ模様をつくっている帝都パークビルが目の高さにあった。そこで働いている白いワイシャツ姿のサラリーマンや、そのまま何かのパーティーにでも行けそうなくらいきれいな洋服やスーツに身を包んだＯＬたちの姿も、ガラス越しに小さく見える。一流企業のテナントばかりが入るビル。彼らエリートを自分たちは、箱のなかのアリの生態を観察するように眺めている。

この千代丸ビルの周辺は、しっとりと青くつやめいたガラス窓におおわれた超高層ビルが多く、広大な皇居の森もあるためか、全体としてすっきりと落ちついた印象の街並をかたちづくっている。しかし、森を越えた西方向には、高さもまちまちで雑多な色のビル群がひしめいていた。白が多いけれど、そのなかに茶色や灰色や黄色などが混じる。美しい、というわけではない。どちらかといえば、丸めたティッシュや食べたあとの菓子箱などでうもれ、足の踏み場もない状態の部屋にそっくりである。その混沌の奥に西新宿のビル群の盛り上がりがあり、さらに向こうには、建物でうめつくされた地平を「ここまで」と区切るように、黒ずんだ山並が横たわっていた。空は冴え冴えと晴れ渡っていて、山並の上にそこだけ白く輝く富士山ものぞいている――。

足元を支えているのは、ケージの底の薄い鉄板一枚しかない。最初のころは恐くて自然とからだがこわばっていたのに、今ではその恐さをほとんど忘れている自分がいるのが、小春は不思議だった。落ちたらどうなる、という想像が働くことはまったくなくなっていた。

「下降」

権田が合図して、ケージ前面の両端につけられた、車輪のついたガイドローラーの差し込み口をめざしてケージを下ろしていった。眼下のビルの壁面のてっぺんに、ケージと同じ幅に開けられた小さな差し込み口がある。両端にいる栗原と八屋がガイドローラーの把手（とって）をつかみ、声をかけ合いながら慎重にガイドを差し込むと、権田はさらにケージを下降させていく。

最上階のレストラン部分は午前中に終えてある。レストラン階の下にあるオフィス階にケージが来ると、権田は下降を止め「よし、じゃあここから」と言った。窓の向こうには、ブラインド越しに、デスク上でパソコンの画面に見入っているサラリーマンたちの姿が見える。小春はすぐに、短毛でおおわれたカバーをつけたシャンプー棒を、ケージに積んだバケツの水で濡らす。水には、スクイージーのすべりをよくするために食器用洗剤を少量入れてある。シャンプー棒を濡らしすぎると水滴が次々地上に落ちるので、二回ほどしごいて余分な水をバケツにもどした。

「っしゃあ、『かっぱき』はじめっ」

武田が気合いをかけ、左手のシャンプー棒をガラス面にすべらせた。手が届く範囲を十分濡らしてから、ワイパーのようにゴムのついた右手のスクイージーで手際よく水をかきとっていく。栗原や八屋、少し遅れて小春もそれにつづいた。

小春は慎重にスクイージーを左斜め上にすべらせ、スクイージーの左端が窓の左角まであたるようにする。あたったらそのまま、窓枠に沿わせて下へおろし、おろしきったら今度は右斜め上へ。窓の中央部分に拭き残しがないように注意しながら上辺をなぞって右に水平移動、右角を隅までちゃんと拭けたら、またそのまま下におろす。この間、スクイージーにセットしたゴムの全体が、ガラス面に対してぴったりと均一にくっついているよう、ゴムを寝かせすぎないよう意識する。

窓拭きは角が肝心。

まだ入ったばかりのころに権田から教わった言葉。

手首の動きは円を描くから、どうしても窓の角を丸くかっぱきがちになる。でもそうすると、隅に拭き残しができるでしょ。その隅まできれいに拭くのが、おれらプロの仕事なんだよ。角がきちんととれてれば、見た人も、心の隅々まですっきりした気持ちになるだろ？

頭ではわかっていてもうまくできない。最初の左角をとる段階でもう、スクイージーの端が上の窓枠にひっかかって、縞々のスジが残った。窓枠にあてないようにやると、今度は窓の上辺に沿って細く残った水が、タラリと幾筋もの水滴をたらす。先輩たちが拭いたあとはそんなことはない。彼らが軽々とやっているかっぱきがこれほどむずかしいものだとは、実際にやってみるまで小春はわからなかった。

みんなが窓の上辺を拭いたのを確認して、権田は「ハイ、下降」と、ケージを下降させた。窓の高さが三メートル近いオフィスビルでは、一枚のガラスを拭くのに何度か停止しなければならない。しかし、これから彼らが行うのは、下降しながら窓を拭く「ノンストップ」というやり方だった。頭の高さで両手を大きく左右に振りつづける彼らの動きは、地上からは、さながら陽気なダンスでも踊っているように見えるだろう。

止まった状態でも満足にかっぱけない小春にとって、ノンストップは苦行だった。ガラスは両手を広げたよりも幅がある。小柄な小春は上半身をめいっぱい左右に振らないと、ガラスの両端までしっかり濡らすことができない。濡れていないところをスクイージーでかっぱいても汚れは残ったままで、かえって目立ってしまうことを彼女は午前中に思い知らされていた。そうならないようにとあわただしくからだを左右に振り、水を塗ると同時にかきとっていくのだが、

「アッ！」

勢いをつけすぎて窓枠にスクイージーの端がコツンとあたった。その振動でかきとった水がたまり、長いスジができてしまった。

「ととっ」

みんなが「クラゲ」とよんでいる、逆三角形の拭き残しをつくってしまった。リズムにのれず、すぐに息があがってくる。

「ああ……」

下降するスピードに追いつけなくて、窓の下部を拭いている途中で次の窓に来てしまった。その大きな拭き残しはあとでウエスで手直しするには無理があり、さすがに権田は「それはアウトだなぁ」とケージを止めた。そして小春の手が届く位置まで少し上昇させる。会議室らしく、テーブルを囲んだ人たちの数人が驚いたようにこちらに目を向け、笑う。が、すぐにブラインドを閉められる。

「こ・は・る・ちゃ〜ん、何やってんのぉ」

武田がわざと太い声をだす。おどけて言ってくれているけれど、みんなの作業を中断させた申し訳なさで、小春は「スイマセン」と謝る。すると栗原が、

「おっぱいが重いんじゃない？」まじめな口調で言う。

「あ、そうか、おっぱいがケージに引っかかってんだよ、Ｅカップだから」

武田が悪のりする。ちょっちょっ、と小春はうろたえた。一体なぜそんなことを知っているのか。

「だったら、おっぱいで拭けばいいんじゃない？」

八屋がにやにやして言うと、ふいに栗原が「あん？」とすごんだ。

「八屋さん、あたしがいつ、小春ちゃんに口きいていいって言った？」

「あ、いや……」

栗原は先日、小春が困っているのに飲みに誘うことをやめない八屋に厳重注意したのだった。小春は拭き残したところをやり直しながら、そうやって守ってくれるのはありがたいけ

れど、おっぱいのことを言いだしたのはだれだと思う。おかげで胸に視線が集まっているようですごくやりづらい。動揺のせいか、スクイージーを下の窓枠に寝かせてかきとった水をおさめようとすると、スクイージーが勢いよく窓枠にあたった。途端に飛沫が顔とガラスに飛び、それを見逃さなかった栗原がまた言うのだった。

「あ～ん、小春ちゃん顔射されたぁ」

小春は栗原を呪いながら、顔をぬぐい、窓に飛んだ水滴をウエスで拭きとる。

「お前ら、あんまからかうなよ」

笑いながらも、権田が釘を刺した。

「安里さんは、まだノンストップの動きがつかめてないんだよ。ゴンドラ講習、もう受けたでしょ？　だったら、ボタン押ししながら、みんなの動きを見てみればいい」

小春と位置を替わろうとして、狭いケージのなかで権田がまえを通ると、彼の腰袋が小春の腹部をぐうっと押しつけていった。腰袋越しに、彼のからだの厚みと重みが伝わってきた。うしろの腰の位置にある操作ボタンに指をかけた。そして、権田の準備が整ったのを確認してから「ハイ、下降」と合図した。

ほかのみんなにくらべて一際大きい権田の背中が、腰を中心にして左右に振られる。どこにもムダのない、なめらかな動き。窓に塗られた水が、まるで折り紙でも折るように、きれいにひとつにまとめられていく。その奥から、つやつやと洗いたての窓が現れる。

権田のやり方を見ていて、小春にはいくつも気づくことがあった。からだ全体を振るんじゃなくて、からだの軸を中心にして動くのか。下をきめるときは、先にスクイージーを入れる右の角が一度でちゃんと拭けなくても、左の角をとったあとにもう一回拭けばいい。つまり、最後に帳尻が合えばいいんだ……。

　ふうっとため息がでた。豪快なのにやわらかで、窓の四隅にも両端にもぴしりとスクイージーの先が行き届いている。この心地よさはなんだろうと小春は思う。ボタン押しなど忘れて、いつまでも見ていたい。

　そうやってまるで人間ワイパーのように窓を拭きながら下りてくる彼らを、地上の歩道脇に立つ田丸は食い入るように見上げていた。

　落滴はなかった。歩道を念入りに行き来しても、水滴が落ちたあとはみつからない。風がそれほどないため、真下にある七階のでっぱりに落ちているのかもしれない。

　少しだけ緊張がほどけた田丸は、ふと、頭上にはりめぐらされた街路樹の枝に目をとめる。枯れ枝にみえる細い枝のあちこちから、春のきざしはまだどこにも感じられないというのに、くるりと葉をおりたたんだ新芽が頭をのぞかせていた。フフ、と彼は口元に笑みを浮かべ、またビルの中ほどを下降するケージのほうを見やった。そして、ふいにある奇妙なものをまえにしたように目を見開き、小首をかしげた。

　硬質な光をたたえたガラスのつらなりは、黒い鏡面のように、せわしなく動きつづける権田たちの上半身をくっきり映しだしていた。しかし、彼らが通るまえも通ったあとも、それらのガラスは、深く澄みきった湖面を思わせる表情を何ひとつ変えなかった。

　田丸はその光景から目が離せなかった。ある神妙な心もちになっていたけれど、それを説明する言葉を彼は持ち合わせていなかった。

ここ最近、空気のあたりが肌にやわらかい。ジャンパーを着なくても、寒さにからだが身構えることが少なくなった。それに気づくたびに、小春は思う。「窓拭き」って、むきだしのアンテナみたいにじかに季節や天候の移り変わりを感じる仕事なんだなと。服を着込むか脱ぐか、気温に合わせて調整しなければならないし、雨が降ったり風がつよかったりすれば中止になる。この仕事をはじめてから、彼女は毎朝、テレビで天気予報を確認するようになった。

「小春ちゃん、こうだよ」左隣りにいる羽田が言う。

「右に行きたいときは、右脚を曲げる。左に行きたいときは、左脚。――ね。自然とからだが、そっちのほうに行くでしょ？」

「あ、ホントですね」

小春と羽田は今、九階建てのビルの外側でロープにぶら下がり、作業をはじめるところだった。JR新橋駅が近くにあり、下の大通り沿いの歩道は通勤途中の歩行者が多い。高層ビルのゴンドラ作業のときとちがって、地上の雑踏の音がすぐ間近で響くのが、なかなかに緊張を強いてくる。

ロープ作業はまだ三回目の小春には、まだまだわからないことだらけである。ロープを鉄骨に結ぶときの「もやい結び」はなんとかできるようになった。「結び」の基本中の基本。でも、これを失敗すると命を落とす。だれのせいにもできないから、どうしても時間がかかる。羽田がさっき手本をみせてくれたときの、ロープが生きものみたいに自らふわっと結び目をつくるようにはできない。

はじめてロープ作業をやったときの戸惑いは、まだ彼女のからだのなかにつよく残っていた。五階建ての社員寮。おそらく脳内で興奮物質が分泌されていたのだろう、下を見ても案外恐さを感じないと思う一方で、屋上の鉄骨に結んだロープにブランコ板をくくりつけて、それだけでもう生身のからだをビルの外に放りだすという単純さに頭がついていかなかった。インターネットの時代に、このアナログさは何？　たった一回のミスが即、命とりになるなんて？　いくら、うちの会社は立ち上げから五十年、死亡事故が一件もないことが自慢だといったって。

不測の事態に対する備えは補助ロープ一本。もしメインロープが切れて、補助ロープと安全帯をつなぐロリップで宙吊りになったとしても、落ちたときにからだの重みが安全帯に一気にかかる。すると、きつくしめていても安全帯は胸までずり上がり、その衝撃で肋骨や背骨が折れたり、内臓が破裂することもあるという。さらに、ずり上がった安全帯で肺や心臓が圧迫され、せいぜい十五分しかもたないというから、命綱である補助ロープがあってもからだが落ちないというだけで、身の安全が保証されているわけではない。生きて半身不随になるよりもひと思いに死んだほうがいいと言う者さえいる。

すぐそこに危うさをはらんだ仕事がふつうにあるということに、彼女は混乱した。とはいえ、気持ちの整理がつかないからといってやめるわけにはいかなかった。むしろ、やりたい。「ブランコ」ともよばれるロープ作業を難なくこなせる先輩たちは、やはりカッコよかった。

ロープ作業のベテランのひとり、東北訛りが抜けない——というより直そうとは微塵も思っていないらしい、口数少なくいつもシャープな雰囲気の近藤に見守られて、いよいよブランコ板へ乗り込む。パラペットのてっぺんに敷いた布団養生の上のメインロープを左手でにぎり、右手は同じメインロープの、壁の外にたらしたシャックルの下の部分をつかむ。そしてブランコ板の位置を確認してから、ほとんど「どうとでもなれ」という思いで下半身を下ろした。しかしこのままでは、左腕と腹だけでビルに乗っている状態と変わらない。自分の体重が、ロープをつかむ左手に意外な重さでのしかかる。この筋肉のとぼしい腕ではいつまでも耐えられそうもないことがわかり、焦りながら右の足先でブランコ板を探り当てる。まずは右足が板に乗った。腕にかかった重みがいくらか軽減してホッとする。上にいる近藤の指示にしたがって、右足をかけた板をうしろにずらし、板と壁の隙間に左足をすべりこませる。

あとはそのまま、ゆっくりと板に腰を下ろしていけばいい。だが、そのとき。「あれ？」と彼女は思った。からだが何かに引っかかって動かない。ロリップが補助ロープを噛んでいるわけでもない。

気がつくと、腰の安全帯の真ん中にある止め具が、布団養生に食い込んではずれなくなっていた。からだを持ち上げてはずそうにも、腕の力が足りない。こんなにも自分のからだって重いのかと愕然としつつ、ビルにしがみつくかたちで半泣きであがいていると、すぐに状況を察した近藤は彼女の両脇を抱え込み、グイと引き上げた。そして、いつもと同じ淡々とした口調で「何してっきゃ」とつぶやいた。

初回に経験したそんな思いは、小春はもう二度とゴメンだった。乗り込みのときには引っかかりがないよう注意を配るようになり、次第にスムーズにブランコ板に移れるようになっていた。今では恐さよりも楽しさのほうがまさっている。むしろ、恐いから楽しいのかもしれなかった。

ガラスにかけた両足のつま先を基点にして、右膝を曲げるとからだは右に傾く。左膝を曲げると左へ。無理な力はいらない。その感覚をおぼえようと、彼女はゆらりゆらりと交互にからだを傾けてみる。

「そうそう。いいねぇ、いいよ小春ちゃん」

愛でるように羽田が言う。

「全身の動きにムダがなくて、やわらかいよね。伸びしろを感じますよ」

「マジすか」

お世辞でもうれしくなる。思わず、この会社に入ってから使うようになったその言葉が口をついてでた。みんなが頻繁に使うその言い回しを口にすると、自分も仲間に加わった気分になる。

羽田は、たとえ些細なことでも、作業中の動きにいいところがあればほめてくれた。それは、この仕事において何が大切なのかをしっかり把握しているからできることだろう。「ロープはよく『からだでおぼえる』っていうけど、ぼくはちがうんだよ。なぜそうなるかって仕組みを、頭で理解しないと」と羽田は言う。「仕組みが理解できていれば、忘れない。いざというときに応用もきくしね」と。ロープにかぎらず、窓拭きに関するあらゆることについて羽田の説明がすごくわかりやすいのは、そのせいかと小春は思う。高校を中退してこの業界に入ったという、経験年数が二十一年にもなる羽田は、細面の柔和な外見とは裏腹に、社内では「光速のプリンス」「ロープの哲人」、また「壁を走る人」といった、数々の異名をもっていた。サエキには入ってまだ二年ほどだけれど、入社当初から中心メンバーの扱いだったらしい。

羽田は小春が使っているような太い三つ縒りロープとブランコ板は使っていない。つなぎの上に上半身と股関節を支えるフルハーネスを着、そこにレバー操作で停止と下降ができる器具を介在させて、彼らが「ザイル」とよぶナイロンの編みロープとつながっていた。ザイルは三つ縒りよりも細くて軽く、だんぜん扱いやすい。それらの装備をするのは、社内で「外回り組」とよばれる、おもにロープ作業のある現場を回る者たちに多かった。

「じゃ、はじめようか。シャンプーをだすときは、こうやって先っぽをおさえて、しぼる。落滴を抑えるために」

羽田は右腰に下げたホルダーからシャンプー棒を途中まで取りだし、下を向いた片側の端をホルダーのへりに当て、左手でおさえた。冬用のつなぎの長袖を肘までまくったところから、いくつもの筋肉の束と太い血管にみっしりとおおわれた腕がむきだしになっている。

小春は羽田を真似てシャンプー棒の水をしぼり、作業にとりかかった。スクイージーの下にシャンプー棒を添えて、かきとった水が下にたれないようにする。

「お、小春ちゃん、わかってるねぇ。そう、ここは人通りが多いから、落滴に気をつけないと」

「ハイ」

「この仕事はね、想像力が大事なんだよ」

「想像力？」

「そう。ここでからだを振ったらどれだけロープが下で暴れるか、うっかり角当てを落としたらどうなっちゃうか。自分の行動がもたらす結果を、何通りも先読みしながら動くんだよ。ちょっとでも危ない予感がしたら、予防の処置をしておく。そうやって事前に事故を回避していくんだ」

「そんなに気をつけるんですか……。あたしにできるかな」

「少しずつできるようになるよ。経験ってそういうことだよ」

「もしかして羽田さんは、この落滴がどこにどれだけ飛ぶか、作業しながらイメージできてます？」

「まあね。窓拭いてる自分を、上から見てる感じっていうか」

「うわぁ、すごすぎる」

神だよ神。そんなの追いつけるわけないよ、と小春が嘆息していると、

「いやぁ羽田さん、教え方がエロいっすねぇ！」

いつの間にか右側に下りてきていた黒沢が言った。羽田と同い年の三十八歳、経験十八年。坊主頭でアゴのラインに沿ってヒゲをのばした、ワイルドそのものの風貌である。袖口からでた両手首にはタトゥーがのぞいている。彼もまた、どこか戦闘機のパイロットを思わせるフルハーネスとザイルだった。

「一体何を言うんすか、黒沢さん。人聞き悪いじゃないっすか」

抗議しながらも、羽田はにやにや笑っていた。

「だってさっき、血管見せつけてたでしょ？　昨日こいつが、男の腕の血管にグッとくるって言ってたから」

「ちがいますよ。……ちょっと意識したけど」

「でしょ？」

黒沢はのけぞって大笑いする。それから急に眉をひそめ、

「安里、羽田さんのシャンプーに気ぃつけなよ」

「なんでですか？」

「いきなりケツをねらって突いてくるかもしんねぇ」

一瞬言葉を失うものの、そんなやりとりにもだいぶ免疫のついてきた小春は、

「そのときは、このブランコ板でちゃんと防ぎますよ」

「ワハハ、そりゃいいわ」

黒沢は笑いながらスイ、スイと下りていった。みんなから「スピードマスター」と言われて尊敬されているだけあって、上から見ていてもそのかっぱきやロープさばきは、信じられないくらい軽やかで速い。速いうえに仕上がりは完璧である。

羽田と黒沢、近藤は「サエキのロープ御三家」とも「サエキのルパン三世」ともよばれていた。精密機械のように動作のひとつひとつが正確無比な羽田がルパンだとすれば、ずば抜けた速さを誇る黒沢が次元、どんな無理な体勢でも一瞬でかっぱいてしまう近藤が五ェ門。ちなみに峰不二子はいない。

「ひどいなぁ、黒沢さん。まるでぼくが、変態みたいじゃないですか」

「ちがいましたっけ？」

「あ、小春ちゃんまで。ぼくはそんな、小春ちゃんを膝にのせて一緒にブランコ板に乗りたいとか、小春ちゃんの胸ポケットに入りたいなんて、考えたことないですよ」

「……やっぱ、変態ですね」

エロなことを喋りさえしなければ、文句なくカッコいいのに、と小春は心から思う。

シャックルの下をつかんだロープを軽く上に送って摩擦を減らしてやれば、下降できる。羽田と一緒にワンフロアずつ止まっては窓を拭き、ビルの三階まで下りてきた。そのビルは二階から下の壁がエントランスとして奥に入りこんだつくりになっていたため、ロープ作業は三階までとなる。小春がややホッとして三階の窓を拭いていると、

「わぁ、あんなとこで仕事してるぅ。えっ、あのコ、女の子じゃない？」

「すごいね、恐くないのかなぁ」

「そりゃ恐いよぉ〜、あたしにはムリムリ」

下からそんなふうに言い合う女たちの声が聞こえてきた。見られてる、と小春は思う。なんとなく、恥ずかしい。でも「すごいでしょ？」と言いたい気持ちもある。とっくに窓を拭き終わって待っていた羽田が寄ってきて、小声で言った。

「ぼくらの仕事ってさ、見世物でもあるんだよね」

「見世物、ですか」

「そう。みんな、あ、あの人たち危ないな、って見るでしょ？　でも、まぁホントには死な

ないだろうと思ってるから、安心してぼくらに死の予感を重ねて楽しめるわけ。いわば、死のチラリズムだよ」

わかるようなわからないような。ただ、小春にとって驚きだったのは、そんなふうに自分が「見世物」になっていることを、羽田がこだわりなく受け入れているということだった。

下の窓枠にたれた水滴を濡れ拭き用のウエスで拭き、作業が終わった。あとは地上まで下りればいいだけだ。簡単なことだと思っていたけれど、またここで小春は「あれ？」と思う。二階からは壁がないから、足をつけるところがない。からだが安定しない。

「小春ちゃん、気をつけて。上半身を斜めうしろに、こうやって倒して。それですばやく下りる。そうしないと……」

回るよ、という羽田の言葉を聞き終えるまえに、小春を支えたメインロープが右回りに回りはじめた。窓に足をついて支えていた彼女のからだがフリーになったため、作業中にたくわえられたロープのねじれが一気にもとにもどろうとしているのだった。

えっ？　えっ？　と思ううちに、回転はどんどん加速した。まるで「ひとりメリーゴーラウンド」。地上およそ七メートルで、世界はしゅるるると高速で回っていた。

その日、作業がすべて終わったのは、午後五時を回っていた。ビル脇のコインパーキングにとめたハイエースのところにもどってきたとき、小春は安堵と疲労が押し寄せて、そのましゃがみ込みたくなった。ここまでロープをたっぷりやったのははじめてだった。ロープを始終握りっぱなしだったせいか、手と両腕に力が入らない。腰と股関節もきしんでいた。

ハイエースの荷台に、バリケードに使うカラーコーンとトラ棒をしまっていた苅田が話しかけてくる。つなぎを洗ってないのか風呂に入ってないのか、ぷんとカブトムシのような臭いが鼻をかすめる。

「ふつうならさ、この現場なんか、三時には終わってんだよね。それをさ、会社がどんどん現場ふやして人が足りないから、おれらにシワ寄せがくるんだよね。おかしいよね」

そう言う苅田は、めまいがするとかでロープ作業を断り、一日中下張りをやっていた。経験十年のくせにまだ入ってふた月のあたしにロープをやらせてと、妙にテンションの高い苅田に小春は腹が立ってくる。

「ね、知ってる？　うちの会社ってさ、ほかの会社が一千万で見積もりだすところを、五百万でだすんだよ？　価格破壊だよね。抜けがけだよね。そうやって現場ふやしてんの。そりゃふえるよね。ビル側だって、ガラス屋なんかに金だしたくないんだから。なきゃなくていいんだから。去年の震災のとき、おれゴンドラ乗っててさ、ケージがボンボン跳ねてガラスに激突しそうになるのを、みんなして必死で手でおさえててさ。ああ、こんなむさいやつらと一緒に死ぬのか、勘弁してくれってマジで思ったんだけど、そうやって命がけで切り抜けたのに、あのあとおれら、仕事なくなったんだよね。なんかあれば真っ先に切られるのが、おれらガラス屋だよ。仕事がなくて、会社から休んでくれって言われたやつもいたよ。おれだけどさ。あんときはおれ、月十日しかやんなかったよ」

地震のときにゴンドラに乗っていたという話は深刻だけれど、これまでにもう三回以上聴かされていた。小春はハイ、ハイ、と相槌をうちながら、苅田がみんなから「おしゃべりクソヤロー」とよばれている理由がわかった気になる。話しだすととまらない。話の内容はもっともなのに、本人はいつも仕事の手を抜くことと昼飯のことばかり考えている。その苅田もしかし、ふたつの現場をもつ責任者だった。

「でもさ、話はもどるけど、そうやって現場に入れる人へらしてやりくりするってどうなんだろね。しょっちゅうあちこちの現場とめて、やったふりして済ましてるわけでしょ？　契約不履行だよね。やばいよね」

笑うと、脂のういた鼻の下から束になった鼻毛がニョッと飛びだす。

苅田の言ったことは、ほかの現場で小春も時々耳にしていた。サエキは、破格の安さで大きなビルや有名施設を受注している。ひとつの現場を終わらせるには必要な人数というものがあるのに、そうした人件費を度外視した予算で受注するから、ふつうにやれば赤字になる。それでもやるのは、有名な施設を請け負っているという会社のイメージづくりになるからだ。会社の営業は大手の証券会社や銀行を退職してやってきた人たちで、彼らはただただ自分の実績づくりのために現場をふやしていく。かといって作業員の増員は追いつかないから、現場に入れる人数を減らし、早出や残業で作業時間をのばして対応する。場合によってはある現場の作業を「した」ことにして、浮いた人間をほかの現場に振り分ける。

そうした会社の体制にどれほど問題があるのか、ほかのガラス清掃会社を知らない小春にはよくわからなかった。たしかに、経費節約の名目でロープやポール、脚立といった資材が古くなってもなかなか買い替えてくれないのは問題だろう。それでは危ないと、羽田が上の人間に直談判したという話も聞いている。しかしそれでも、いち作業員である彼女には、目前の仕事をきれいに仕上げるという、それだけがすべてだった。不満があるとすれば、きれいさよりも速さばかりが求められるような、余裕のない現場の雰囲気にだった。

屋上でザイルを回収した羽田と黒沢が、ザイルを入れた大きなバッグを背負い、ハーネスにぶらさげたたくさんの器具をカチャカチャ言わせてビルからでてきた。黒沢が腕時計をのぞいて言った。

「ちっきしょー、あんだけやってこの時間かよ」

プライドが許さないのか、眉間に深いシワを刻んでいる。

「仕方ないよ」さすがの羽田も疲れをにじませて言った。「いつもよりふたりも少ないうえに、茹田さんも抜けたんだから」

「ああ、いくらなんでも、人が少なすぎる。やっぱ、作業員の振り分けは、中田さんじゃなきゃ無理なんだよ」

「現場も作業員のこともよく知ってたからね」

「あのバカ息子が中田さん辞めさせて、自分のパソコンで作業員の配置きめるようになってから、無茶苦茶になった」

「パソコンで？」

「あれ、ウソ、羽田さん聞いてないっすか？　社長、作業員全員の力量とかを数値化してパソコンに入力しておいて、次の日の現場に必要な作業員を、自動的に割りださせるって。それを三原さんに渡して微調整させるっつうけど、あの人も忙しすぎて、当日の欠員対応しかできねぇみたい」

「マジすか……」

「信じらんねぇけど、マジみたいよ。社長、システムエンジニアやってたときの技術の応用って、自慢してたらしいから」

「だとしたら、ぼくは許せませんよ。どんなにきつくても、ぼくら職人の意地で、なんとか事故を起こさないようもちこたえてるってのに」

「でも現実は、一週間おきにあちこちでなんか起きてるっしょ？　物損したり、ケーブル切ったり。こないだついに、骨折でたし。だからおれはそれ、考えないことにしてんだよ。そんなパソコンなんかのために苦労してんのかって思ったら、やる気なんか失せるもんよ」

いつになく苦りきった様子のふたりに、小春はいたたまれなくなって、思わず「すいません」と口にした。

「そんな大変なときに、ロープ教えてもらって。しかも、ほとんど羽田さんと黒沢さんにやってもらって」

「いやいや、小春ちゃんはいいんだよ」羽田は笑った。

「忙しいから新人に教える暇がないって言ってたら、うちの会社じゃいつまでたっても教えられないよ。ぼくはほかの会社でいろんな先輩に教えてもらってきたから、そういうの、イヤなんだよ」

「……ありがとうございます」

「逆に今日は、小春ちゃんに無理させちゃったね。ホントよくがんばったよ。助かった」

「おう、そうだぜ」煙草に火をつけながら、黒沢がしぶい笑顔をみせる。

「お前、根性あるよ、弱音吐かねぇもんな。ロープも、やればやるほどさまになってきたし」

「えっ、マジすか」

「ケツはまだ、しょんべんくせぇけどよ」

それは関係ないだろうと小春が思っていると、

「午前中、ぐるぐる回ったけどね」

満面の笑みを浮かべて苅田が口をはさんだ。

「すごかったね、ぐるるるる〜って」

思わずカチンときたけれど、下張りをしていた彼がロープをつかんで回転をとめてくれたのだから、何も言えない。すると羽田が笑って「まぁ、小春ちゃん、見てみなよ」と、さっきまで自分たちが手がけていたビルを見上げた。

「なんだかんだあっても、ほら、今日もこんなに、いい絵を描けたじゃない」

「絵？」

頭上には、ビル全体をおおうガラスのつらなり。それらはピンクともオレンジともつかない夕暮れの光を、ぽうっと宙に反射していた。冴え冴えした光沢をたたえながらどこか微笑んでいるようにも見えて、それを羽田は「絵」と言っているのかと思っていると、

「わかるか、安里よ」ふいにまじめな口調で黒沢が言った。

「おれらはよ、ガラスだけ見てちゃダメなのよ。ガラスの、その先まで見んのよ」

「ガラスの先、ですか？」

「おう。あそこのなかにいる人たちゃ、ガラスを通して外の景色を眺めんだろ？　その人ら

の気持ちまで見て、窓を拭くんだよ」

「外を見る人の気持ち……」

「そう」羽田がうなずき、黒沢の言葉をついだ。

「外を見る人にとっては、窓枠は額縁、外の景色が絵だよ。つまりぼくらってのは、せっせと窓拭いて、額縁のなかにきれいな絵を描きだしてんだよ」


日曜日は小春の週に一日の休みだった。五時起き六時起きがふつうのふだんよりはゆっくり起きて、洗濯をした。会社から冬用として二着支給されたつなぎは毎日交互に洗っていて、一緒にその日身につけた下着類も洗うので、それほど洗濯物はたまっていない。彼女もほかの女性作業員同様、仕事へはつなぎを着て通勤していたから、ほかの服を洗うことはほとんどなかった。仕事のあとでたまにある、作業員同士の飲み会にもつなぎのまま行く。はじめはつなぎ姿で電車に乗るのは少し恥ずかしかったけれど、慣れるものである。服を選ぶ時間が省けるし、更衣室なんてない男ばかりの控室で着替えの心配をしなくても済むから、どうしてもそうなる。それに、裾を三回も折り曲げなければならないだぶだぶのつなぎとハイカットのスニーカーの組み合わせは、まんざら嫌いでもない。

その日は、付き合って二年近くになる河野(かわの)と会う約束をしていた。一月の誕生日のときに会って以来だから、もうふた月ぶりになる。その間は一日に一回、メールをやりとりするだけだった。五歳年上の河野は、まえの会社の取引先だった広告代理店に勤めていて、知り合ったのは、その広告代理店が若手を集めて主催した飲み会の席上だった。業界人ふうの軽妙なやりとりが交わされる場の雰囲気についていけず、笑顔を浮かべながら気後れを感じていた小春に、隣りで黙りこくっていた河野がいきなり「映画、観る?」と話しかけてきたのだった。映画はよく観るし、俳優ではヴィゴ・モーテンセンが好きだとついでに答えると、彼はつよくうなずいて「いいセンスしてる」と言った。それから映画の話でなんとなく盛り上がり、どこでそうなったのかわからないけれど、これもなんとなくみたいに映画に行く約束まで交わしたのだった。

鏡のまえに座った彼女は、ファンデーションのコンパクトを開いたまま、しばらくぼんやりしている。仕事のときはすっぴんででかけるのがあたりまえになったからといって、化粧の仕方を忘れたわけではない。ただ、なんだかおっくうだった。ふっとため息をついて、手早く済ませた。そしてジーンズにパーカーとハンチングを合わせて家をでた。

阿佐ケ谷駅から総武線に乗ると、たまたま座れた。小春はパーカーのポケットから、最近いつも持ち歩いている短く切った細ヒモを取りだした。もやい結びの練習をしようと思ったのだ。左の人さし指を立てて、屋上の鉄骨に見立てたそれに、右手でヒモの先端をうしろからくるりと回す。手のひらには、人さし指を挟んで右にヒモの先端、左に残りの長くのびたほうがたれている。長くのびたほうが、つまり屋上から地上へたれ下げてブランコ板をくりつけるロープになるのだった。

まず、長くのびたほうの、人さし指の付け根近くにちいさな輪をつくる。輪が内側を向くよう、ヒモをひねって一回転させたときに上からきたヒモがそのまま上になるよう気をつける。ここが間違えやすい。その輪に、右にある先端を下から通し、長くのびたほうの下もくぐらせる。そして、ここで下向きだった先端を上向きに返し、それをまた輪に、今度は上から入れた。先端の通る順序を、彼女は「下・下・上」とおぼえていた。輪からでた先端と長くのびたほうをそれぞれ引っ張ってかたちを整えると、ボウラインノット——もやい結びの完成である。

うまく結べたと、小春は満足して見入る。長くのびたほうが下に引っ張られれば結び目がしまるようになっているから、力が加われば加わるほど、ほどけない。近藤はこれを「目ぇつぶってでも、でぎるようになんねぇば」と言っていた。

四ツ谷駅で降りて改札をでると、小春は自然と大通りの向こうに並ぶビルを見上げていた。最近はいつもそうだった。どこかに窓拭きのゴンドラやロープ作業をしている人たちがいないかと目で探している。グレゴリーやノース・フェイスの大きなバッグを背負っている人とすれちがえば、ガラス屋じゃないかと振り返ってしまう。

待ち合わせの時間に十分ほど遅れてきた河野は、詫びるでもなく会うなり小春の装いを上から下まで確認し、「あれ」と言った。その拍子抜けしたような笑いが気にさわり、

「何、あれって」小春が聞くと、

「いや、ふつうだなって」

「ふつうじゃダメなの？」

「っていうか、今から行くとこに合わないっていうか」

「どこ行くの？　そんなのあたし、聞いてないよ」

「まぁ大丈夫だろ。行こう」

細身のスーツにスプリングコートを羽織り、先端のとがった革靴を履いた河野は、靴音高くどんどん先に歩いていく。小春は小走りで追いかける。追いかけながら、付き合いはじめたころの、シワの寄ったスーツに擦りきれたリュックサックを背負った、ヴィゴとはほど遠いくたびれた彼の背中を思いだそうとするけれど、うまく思いだせなかった。

彼はいつも、どこへ行って何をするか、ひとりできめてさっさと歩いていった。それは今も変わらないけれど、以前はよく、慣れない男らしさを演じているような足どりで突き進み、道に迷った。だんだん不安げな顔になって「ここはどこだ」とうろたえる彼に、小春は「あたしたち、どこ行くんだろうね」と笑った。映画がはじまる時間に遅れても、一緒に目的地を探していることのほうが楽しかった。それが、いつからなのか。彼は道に迷わなくなっていた。

河野は頭上を並木がおおう通りから路地に入り、閑静な住宅街を進んでいく。坂道の途中に古めかしいつくりの校舎がある。河野によると、皇室の子どもも通う私立の小学校らしい。こんなところに何があるのかと小春が思っていると、彼はあるこぢんまりした建物のまえで立ち止まった。ちょっと奥まったところにある入り口が木立と蔦(つた)におおわれている。民家を改築したレストランのようだった。

「ほら、ここ。予約したんだ」

河野が言い、シェフの名を伝えた。小春もテレビや雑誌で見たおぼえのある、創作フレンチのシェフの店だった。

「なんで急に？」

小春が聞くと、一瞬浮きたった彼女の気持ちを即座に打ち消すように、

「下見だよ。今度、撮影で使おうかと思ってさ」

その約一時間後。小春はひとりで来た道をもどっていた。険しい顔つきでうつむき、黙々と歩を進めていた。

あいかわらずの河野だった。黒服のギャルソンに気配りのこもったサービスを受けても、どんなに素材と味の組み合わせに創意を感じさせる料理がでてきても、「なるほどね」のひと言で片づけていた。まるで、世の中には新鮮なことなどひとつもないとでもいうふうに。そして、こちらの困惑にも気づかず、芸能人の名前や専門用語ばかりの仕事の話を得々とつづけるのだった。

以前は、これほど流暢な口ぶりではなかった。言葉につかえながら話す彼は、つねに何かに対してうっ屈を抱え、手に負えないとわかりつつそれに抗おうとしているように見えた。が、おそらく彼は、あるときから抵抗をやめた。割り切れないものは切り捨てる、だからこその洗練を手に入れたようだった。迷いがふっきれたのはいいことなのかもしれないけれど、気のせいなのか、髪形や身なりが洗練されればされるほど、小春には彼がすさんできたように思えるのだった。

河野の話はまだつづいていた。小春は一応耳を傾けるものの、どんどん心のわだかまりが大きくなっていくのを感じていた。料理人たちの手間と想いがこもった料理を、そんな気持ちで食べている。申し訳なかった。ナイフとフォークを動かし、口に入れれば、おいしい。

そう頭が思う。でも、どうしてもそのおいしさを、最後まで、全身で味わう気にならない。そっと息をつくと、ふと、サエキの人たちと安居酒屋で騒ぎながら飲んだ、いつかの光景が思い浮かんだ。彼らは酔うと、腕相撲をはじめたりパンチを腹で受けとめたりしていた。バカな人たちだった。バカだけど、気持ちのいい人たちだった。

四ツ谷駅で総武線に乗った。ドアの脇によりかかり、過ぎ去っていく窓外の景色をぼんやり眺めていた。終わりかけていたものが終わっただけ、と心のなかでつぶやいてみる。

自分の右手の指先をみつめた。河野が「それって、女の手じゃないよ」と言った手。最近は手袋をしないで仕事しているからだろう、たしかに皮膚は乾いて、人さし指と親指の側面にちいさなひび割れができていた。ひび割れには黒っぽく汚れが残っていて、これは窓の汚れに排気ガスの煤(すす)でもまじっているせいか、石鹸でよく手を洗ってもすぐには落ちなかった。

たしかに、女の手ではない。でも、ガラス屋の手だと思う。羽田や黒沢にくらべたら、これくらいかわいいものだった。冬でも素手でロープをにぎり、窓枠や壁のへこみをつかんでからだを固定する彼らの手は、固くぶ厚くなった指の皮があちこちひび割れ、亀裂には黒々とした汚れが沈着していた。

その手の話から、河野との溝が決定的になったのだった。小春の手を見てめずらしく驚いた反応をみせた河野は、急に窓拭きをやめたらどうかと言いはじめた。彼によれば、危険なうえに歳をとったら働けなくなる窓拭きは、職業とはいえない、ということだった。そんなのはどこにも行き場のない人間がやればいいことで、わざわざお前がやることはないんだよ、とも言った。

危険に見合うだけの補償がなく、ボーナスも退職金もでないから職業ではないのか。だったら、自分たちが毎日神経をはりつめてやっていることはなんなのか。小春は反発したけれど、うまく言い返せなかった。窓拭きをしている当の本人たちのなかにも「ほかにいい仕事あったら、こんなことやってないよ」と自嘲気味に言う者がいることを思いだしたのだ。それに小春自身、自分はこの仕事をずっとつづけていけるのかと考えると、不安があった。

不機嫌になっていく小春にはとりあわずに、河野はさらにつづけた。なんでお前がその仕事をしているか。それは、やりたいことがみつかってないからだよ。やりたいことがわかんないから、刺激に満ちた仕事をやることで、自分の現実を忘れようとしてるんだ。そうやって、自分の未来を殺してるんだよ。

思いだすたびに、全身がカッと熱をもちはじめる。出口のない感情がからだのなかで渦巻き、電車に乗っていることも忘れて声がもれそうになる。どこか得意げな口ぶりで言われたその言葉は、仕事に対するこれまでの苦労も喜びもすべて無効にしてしまうものだった。薄々気づいてはいても見ないようにしていたことを、河野はあっさりと表にさらしてしまった。

ただ、小春はその正確すぎる指摘を心から受け入れることができなかった。そういう河野さんは、あたしが毎日、どういう気持ちで仕事してるか、わかってないでしょ？　せめてもの抵抗のつもりで小春が言うと、河野は真顔になった。そして、わからない、と小さくうなずいた。小春はそのとき気がついた。彼がのべつ仕事のことばかり話していたのは、もう自分と話すことがなかったからだった。もう終わりにしよう。小春が告げると、おそらく河野もわかっていたのだろう、すまん、と頭を下げた。

車内アナウンスが「次は新宿」と伝えた。大きなため息がでる。このまま帰りたくなかった。かといって、買い物や映画を観に行く気分でもない。降りて会社に寄ってみることにした。そろそろスクイージーのゴムの替えをもらわないと。日曜も現場にでている人もいるから、だれか帰ってきているかもしれない。そんなことを考えながら新宿駅西口の改札に向けて歩いていると、
権田さんと焼き鳥が食べたいな。

そんな思いがひょいと心に浮かんできた。あまりに唐突で小春は動揺したけれど、焼き鳥屋の片隅で権田とビールを飲む光景が、もう心から離れなくなっていた。

甲州街道沿いに初台方面に向かって歩く。休みの日くらいは会社と距離をおこうと思っていたのに、さほど抵抗を感じない。十分ほど歩くと、昨年建てたばかりだという三階建ての会社のビルが見えてきた。小春はここにはたまにしか来ない。外回り現場に行くときはハイエースに資材を積んで行くから、会社裏の駐車場に集合となるけれど、それ以外は現場まで直接行った。どの現場へ行くかは前日にメールで知らされるので、会社に出向く必要はほとんどない。それに彼女としては、こけしそっくりのつるつるした顔つきをした創業者の会長や、そのこけしからシワをとって髪をつけ足しただけに見える息子の社長、またよく知らない役員や営業マンのいる会社にはなるべく近寄りたくなかった。社内でうろうろしているスーツ姿のおじさんたちが何をやっているのか、さっぱりわからない。そのなかで現場を知っている人間は、作業員から社員になった三原という五十代の男ひとりだけというのが信じら

れない。三原以外のおじさんたちは、会社の外で自分と会っても、こちらがだれだかわからないだろう。

　ビルの裏手に回ると、駐車場の脇にある喫煙スペースに田丸がいた。煙草は吸わないはずなのに、吸い殻入れの赤い缶のまわりに置かれた椅子にひとりぽつんと座っている。その姿が、どことなくこの世界から半分はみだしているように見えて、小春はホッとするのと同時に泣きたくなった。

「お疲れさまです」と声をかけると、

「お、お疲れさま」

　田丸は健康そうな大きな八重歯を見せて顔をほころばせた。どうすればそういう無防備な表情がだせるのだろう。小春は彼の横に腰かけながら、

「田丸さん、もう仕事終わったんですか?」

　田丸は生真面目に頭をふり、

「今日、ボク、休みです」

「そうなんだ。あたしも休みだけど……、なんで会社に来てるんですか?　つなぎまで着て」

「た、武田さんが」と言って、またニッと笑った。

「ボクに、かっぱきを教えてくれるって」

「え?　武田さんが?　なんでまたそんな」

「かっぱきさえちゃんとできれば、ほかの作業もできるようになるからって、権田さんと武

田さんが。武田さん、休み一緒だから、会社で教えてくれるって」

「すごい。それはよかったですねぇ」

小春が心からそう言うと、田丸は照れたようにうつむいた。

権田や武田が田丸のことをあきらめてはいなかったということが、小春の胸を熱くさせる。以前羽田が言っていたように、この会社では作業をこなすことで精一杯で、新人に丁寧に教える余裕がないことを小春も感じていた。行く現場もほぼ毎日変わり、ということは責任者も毎日替わるということで、小春も何度か、まだ教えてもらったことのない作業を知ってるものとして指示されて困惑したことがある。その余裕のないなかで先輩たちはなんとか教えようとやりくりするけれど、一部には、職人的な世界の厳しさなのか、あるいは実力主義の男社会だからか、ついてこれないやつはダメなやつと烙印を押すような雰囲気もあった。小春は、自分が最初からいろいろ教えてもらえたのは、女だから許される部分があったのだろうと思うときがある。

田丸もおそらく、満足に教えられることのないまま早いうちから「使えない」とレッテルを貼られ、そのまま来てしまったのだろう。水谷という、社内でいちばん新人に厳しいという責任者のところで指示がわからず動けなくなり、さんざんに罵倒されたあげく帰らされたこともあったという。権田のもとに入るまでは毎日そんな感じだったらしい。

「田丸さんは、ガラスの仕事、好き？」

小春は聞いた。もし自分が田丸のように怒鳴られてばかりいたら、とっくに辞めていただろう。彼がどんなに理不尽に怒られても仕事にでつづける理由はなんだろうとふと思ったの

だった。田丸は小春を見上げ、

「好き、です」うれしそうに言った。

「す、スケートみたいで」

「スケート？」

「ハイ。ゴンドラに乗ってる人たちの、スクイージーがガラスに映ると、氷の上をスケートが、くるくる回ってるみたいに見えます。スピードスケートっていうのか……、それが、コーナーを回るときに、足をこう、カシャカシャやるみたいに」

「へえ、そうなんだぁ」

「まだ、ここに入るまえに道を歩いてたら、向かいのビルの上でゴンドラやってて。そのとき、空の上でスケートしてるみたいだなって思って、ボク、それずっと見てて。楽しそうだな、ボクもやりたいなって」

「それで、この仕事に？」

「ハイ」

「じゃ、田丸さんも、いつかゴンドラ乗りたいんですね」

「ハイ。でも」

田丸は何かを思いだしたように、フフ、と笑った。

「猫は、こういう仕事、やらないです」

「猫？」

「ハイ。猫は、恐いと感じると、すぐダダダーッて逃げます。ボクたちみたいに、逃げたらダメとか、恥ずかしいとは、思ってません。猫にはそれって、あたりまえのことなんです。うちの周りにいる野良猫たちを見てると、みんなそうです」

「へぇ……」

「だから、ボク、思いました。動物って、ガラスの仕事なんかやらないだろうって。恐いとか危ないと思ってもやるのって、ボクら、人間だけなんだろうって」

「ああ、それはそうかも」

ヘルメットをかぶった猫たちが、ゴンドラで窓を拭いている……。田丸と話していると、脳のふだん使わない部分が動きだす感覚がある。正直戸惑うけれど、自分とはちがう世界を見ているらしい彼に感心もするのだった。

「ちゃーすっ」

いきなり威勢のいい声がして、見ると、銀色のジャージに膝が激しく破れたジーンズ姿の男が立っていた。両腕をピンとのばし、足先もそろえて、全身でYのポーズをつくっている。その低音の声とわざとらしい登場の仕方にすぐ武田だと気づいたけれど、一瞬だれだかわからなかったのは、金色の長髪だった武田が頭を青々とした丸刈りにしているからだった。

小春があっけにとられていると、武田は同じポーズを保ちながらもっと大声で「こんちゃーすっ！」と言った。

「お疲れさまです」ふだんと変わらないノリで挨拶した小春に、武田は「アレレ」と姿勢を崩す。

「武田さん、その頭、どうしたんですか？」

率直に聞くと、急に素の顔にもどった武田はジャージのポケットをまさぐり、煙草とライターを取りだした。

「詫びだよ、詫び。せめてものってやつ。千代丸であったこと、聞いてない？」

「いや、何も……」

「ああそっか、まだ一昨日のことだもんな。クマさん、千代丸の責任者、おろされちった」

「えっ？　なんでですか？」

権田が千代丸ビルの責任者をやるようになってから一度もクレームがでてないと聞いたことがある。小春が思わず大きな声をだすと、武田はチッ、と唾を下のアスファルトに飛ばし、

「間接的には、おれのせいになんのかな。なんもやってねぇけどよ」

武田はそう言って、千代丸ビルでのことを話しはじめた。

＊

その日は、千代丸ビル内のオフィスに入って、外に面した窓ガラスを拭く内面作業だった。メンバーは権田と武田のほかに、ひさしぶりに千代丸ビルに来た近藤と、まだ入って間もない野村。野村は「船橋のクラッシャー」とよばれ、要注意とされている十九歳の女の子だった。極真空手をやっていたという彼女は、すでにゴンドラのケーブルを不注意で二回切断していた。

そんな要注意の新人がいたといっても、ベテラン三人がフォローして作業自体は順調に終

わった。問題が発生したのはそのあとだった。地下の控室にもどって武田が帰り支度をしていると、権田の携帯が鳴った。ビルの防災センターからだった。電話を終えた権田は、その内容をみんなに伝えた。自分たちが午後に入ったオフィスの社長室で、机に置いていた社長の腕時計がなくなった。みんなから話を聴きたいから、防災センターに集まってくれと言われたと。

権田は三人に確認したが、もちろん三人とも身に覚えがない。だれもいない社長室に入って作業したのは武田だったが、机には一切さわっておらず、腕時計があったことも知らなかった。秘書に断ってなかに入り、作業してでてきただけだ。

みんなで防災センターに行くと、別室につれていかれた。そして、センターに常駐している警備の人間に前後を囲まれながら聴取を受けた。

「ぼくらはいつも、ガラスのことだけ考えて行動してます。お客さんの時計を盗むなんてことは、するわけがないです」

警備会社の責任者らしい、ふだん見かけたことのない初老の小柄な男に対し、権田はおだやかにそうくり返した。社長室で作業したということでとりわけしつこく聴取を受けていた武田は、感情を抑えることに必死だった。権田が「おれにまかせろ」というように武田の膝の上に手をおいていたから、奥歯を食いしばってなんとか耐えていた。

しかし、権田がいくら言っても、抜け目のない目つきをした男はなかなか納得しなかった。頭をかいて「そりゃそうでしょうけどねぇ」と言いながら、また話を振りだしにもどすのだった。

「何度も言うように、午後にあの部屋に入った業者さんは、あなたたちだけらしいじゃないですか。しかも、そこの彼氏だけ」

「社長さんの勘ちがい、ということはありませんか？」

「それはないですね。買えば車一台買えるような値段の腕時計だそうですから。いつも身につけているのを、たまたまそのときははずして机に置いたまま、急用でちょっと席を離れた、ということです」

「…………」

「この際だからお伝えしますけど、その社長さんは、ガラス屋さんの雰囲気が以前から恐かったらしいんですよね。カチャカチャ音立てるし、たまに長い棒持って入ってくるし、ほかの清掃業者さんとちがって、妙に威張った感じがすると」

「それはぼくもわかります。だからいつも、威圧感を与えないように気をつけてきたつもりですが、そう思わせてしまったのなら、ぼくの責任です」

「まぁ、あなたはいいんですよ。ヒゲはちょいとアレとして、大丈夫だっていうのは見りゃあわかります。しかし彼みたいな、金髪なびかせて、つなぎの胸元はだけたような人がいきなり入ってきたら、どうですか？　驚くでしょう、なんでこんな人がここにいるんだって」

男はそう言って、また鋭い視線で武田を一瞥した。もう無理だ。武田が腰を上げかけたときだった。

「……こんな人？」権田が低くつぶやいた。

「こんな人って、なんですか？」

「こんな人はこんな人ですよ。この千代丸ビルにそぐわない人ですよ」

男が口の端をゆがめて笑ってみせると、権田はからだを大きく揺らしながら、「ご指摘はしっかり受けとめることとして……」と声を吐きだした。

「でも、ぼくにはわかりません。ここの窓をきれいにするために、毎日人一倍がんばってきた彼が、なぜ今そこまで言われなきゃならないのか、わかりません」

権田は男を見すえてそう言った。男は「ん？」と不思議そうに見返した。

そのとき、ふいに部屋のドアが開いて、若い警備員が入ってきた。そして急いで男のところへ行くと「みつかりました」と伝えた。その警備員の報告によれば、フロア清掃担当の女が社長室の机周りの清掃をした際、腕時計を近くのサイドテーブルにあった写真立ての脇に移動し、もどすのを忘れてそのままにしていたのだという。秘書はその女が入室するのを見ていなかった。

男は「なんだ」と苦笑いし、報告した男に向かって「だったらよかったよ。一件落着」と言った。そして立ち上がりながら、

「お客さんを守るのが私らの仕事ですから。ご理解いただきまして……」

急に人懐こい笑顔を浮かべて、もう次の業務に向かわなければというふうにさっさと部屋をでていこうとした。するといきなり、

「待てコラッ」

権田の怒号が炸裂した。と同時に彼は椅子を倒して立ち上がり、男を追った。そのあまりの激しさに、武田は自分の怒りを忘れて権田にとりすがった。近藤もあわてて権田の腰に抱

きついた。が、力がちがいすぎた。権田はふたりを引きずりながら「お前失礼だろう、謝れよ、こいつに謝れっ」と男に迫っていった。ドア近くで驚いて振り向いた男の周りをほかの警備員らが固め、権田を押しもどそうとする。権田は壁になった警備員らを力ずくでかきわけ、部屋をでていく男に向かって「てめぇ逃げんのか」と叫んだ。

「ちゃんと向き合えってんだこの野郎っ！」

＊

「あんなクマさん、おれ、見たことねぇよ」

武田はつぶやいた。小春はそのときの権田の気持ちを思うと泣きそうになった。からだが張り裂けそうに熱をおびていた。田丸は目を見開いて、落ちつきを失ってしきりに頭をかいていた。

「なんかおれ、クマさんに悪くて。だから、自分でもよくわかんねぇけど、頭丸めたよ」

「でもなんで権田さん、責任者をはずされたの？　謝らなかったのは向こうなのに？」

小春が聞くと、武田は返事のかわりに深い吐息をつき、

「あのあとすぐ、ビル側からウチの会社に、責任者を替えてくれって連絡あったってよ。まぁ、向こうがビビッたんでしょ？　それでクマさん、社長に呼ばれて、始末書書かされてた。次はないぞって厳重注意されて。おれの身なりを注意しなかったのも、お前の管理ミスだろって」

「そんな……」

「意味わかんねぇよ。今まで会社のだれも、おれに何も言わなかったくせに」

武田はいまいましげにチッと唾を飛ばした。


権田さんに会いたい。会って話したい。でもなかなか現場が一緒にならなかった。はじめて千代丸ビルに入ったときに権田の携帯番号を聞いていたから、電話をしようと思えばいつでもできた。けれど、仕事上の会話しかしてないのにいきなりプライベートで電話することは、小春にはどうしてもできなかった。

夜、布団に入ってあとは寝るだけというとき、携帯画面に権田の電話番号を表示してみつめている。やがて手の汗で携帯がすべってくるくらい迷い、ドキドキしてのぼせて苦しくなって、結局やめる。そのくり返し。そんなあるとき、あのレストランで別れて以来、連絡のなかった河野から電話がかかってきた。

「おー。起きてたか」

「どうしたの?」

戸惑いながらも、どこか弱々しい、間のびした声がいつもの河野とちがう気がして、

「酔ってるの?」

「酔ってるといえば、酔ってるか。でも、おれ、酔ってても頭の芯は酔ってないからね。たまに、ホントに酔えたらいいなって思うときあるよ」

「そう」たしかにそんなふうだったと思いだした。

「お前にひとつ、聞きたいことがあるんだ」

「なんでも知ってる河野さんが、あたしに聞くことなんてあるの？」

「お前だから聞きたいんだよ」河野は低く笑った。

「超ベタな話で悪いけど、教えてくれよ。なんでおれらって、『人生』ってやつについて、もう全部知ってるつもりになってんだ？　みんなはじめてなんだろ？　まだ死んでもいないんだろ？」

「そんなの、あたしがわかるわけないじゃない」

一体何を言いだすのかと、小春はつっけんどんに応えた。

「『知ってるつもり』になってたのは、河野さんでしょ？　自分が全部守られたとこにいて、そんな気になってただけでしょ？」

「キツイねぇ」

なかばうめくように河野はつぶやいた。妙に素直だった。それにしても、「人生」などというこれまでけして口にしなかった言葉をだしたのが気にかかり、

「何かあったの？」と聞くと、

「あったとしても、それだってありきたりだよ。悲しいことに」

自分の胸のうちを明かさないのは変わらなかった。小春は苛立ちを隠さずに「よくわかんないけど」と言った。

「ありきたりでもなんでも、あたしたち、つべこべ言わないで生きるしかないじゃない」

すると河野は、ハハハッと声を上げて笑った。そんな彼の快活な笑い声を、小春ははじめ

て聞いたように思う。

「つべこべ言わずにか。たしかにね。お前の仕事は、毎日が非常事態みたいなもんだからね。おれも窓拭き、やろうかな」

「どうせやらないくせに」

「そうだな。あまりにもリスクが高いもんな。それに、窓拭きやったって、結局おれは、変わんないだろうからな」

小春が応えずにいると、「じゃあ」と河野は言った。

「お前、窓拭きやるようになってから、変わったよ。いいと思うよ」


七月初旬、小春がいた新宿三丁目の現場に、午後から権田が来ることになった。権田が新たに責任者として入っていた西新宿のビルのゴンドラが午後から定期点検に入り、使えなくなったためだった。武田から権田の件を聞いて、もう三か月以上たっていた。

はじめ小春はそれを知らなかった。いちばん苦手な水谷が責任者をつとめる現場で、早く今日が終わればいいと祈りながら脚立を使って一階周りの窓を拭いていた。彼女と同い年の水谷は、いつどこで怒鳴りだすかわからない。指示は言葉足らずでわかりづらく、しかも何をどこまでやるかという作業の手順は彼の頭のなかにしかない。こいつにはまだロープは無理だと思われているのか、いまだにロープ作業以外のことばかりさせられるのも不満だったけれど、いちばんきついのは、田丸がまるで虫ケラのように扱われるのを見ることだった。

ついさっきも、水谷の指示内容を把握できないでいる田丸を、「お前耳ついてんの？　目ぇついてんの、え？　何しにここに来たんだよ、邪魔しに来たのか？」とさんざん叱り飛ばしていた。相手が抵抗できないことをいいことにいたぶっておもしろがっているようにも見えた。それで二歳の子どもをもつ父親だなんて到底信じられなかった。現場には羽田や黒沢もいたけれど、ここは水谷の仕切りだからという責任者同士の遠慮があるのだろう、苦々しく思いながら口だしはひかえているようだ。だから、ふいに道の角から権田が山登り用のバックパックを背負ってのっそりやってきたのが見えたとき、彼女は思わず泣きそうになってしまった。

「おおお、クマさん、いやぁおひさしぶりですぅ」

ちょうどロープを下りた羽田が、駆け寄って権田と握手をかわす。羽田は以前から、この会社で信頼できる人間のひとりとして権田の名を挙げていた。そして、千代丸ビルの一件を近藤から聞かされて、いたく感銘を受けたようだった。

小春もはやる気持ちを抑えて権田のもとへ行く。羽田は権田と冗談をかわしたあと、「じゃあまたあとで」と言って屋上へ向かった。ふたりになって小春が緊張していると、

「ああ、安里さん、ひさしぶりだね。元気だった？」

権田のほうから笑顔で話しかけてきてくれた。あいかわらずのクセのあるぼさぼさ頭にヒゲ面。でも彼を見上げる小春はウンウンとうなずきながら、まぶしげにまばたきして「おひさしぶりです」としか言えない。もっとほかに言うべきことがあるはずなのに、頭のなかが真っ白になっている。うれしいような泣きたいような気持ちがあふれて手に負えない。急に、自分が汗の臭いをさせていないか気になりだす。すると背後から、

「どうも……、お疲れさまっす」

フルハーネスをつけた水谷がやってきた。口の端に笑みを浮かべているけれど、ヘルメットの下からのぞく目は笑っていない。権田も「お疲れさまです」と頭を下げる。小春より少しばかり背が高いだけの水谷は、

「じゃあ権田さんには、ロープが終わったところの一階周り、安里と一緒にやってもらっていいですか。そのあとは内面をお願いします。権田さん、ゴンドラばっかりで、ロープはご無沙汰でしょうから」

「まぁそうですけど、ロープでも全然かまいませんよ」

「いや、いいです。無理されても困るし」

そう言って水谷は薄く笑った。ロープの速さでは黒沢に匹敵するとも言われる水谷は、ゴンドラ組をあからさまに格下に見ているのだった。権田は水谷や羽田が入社するまえ、千代丸ビルの責任者になるまで黒沢や近藤とともにロープ組の中心メンバーだったと小春は聞いていたから、こいつ何言ってんだと言ってやりたくなる。年齢もキャリアも会社の在籍年数も下になる水谷のその態度に、しかし権田はとくに腹を立てる様子もなく「じゃあお言葉に甘えて」と微笑んでいる。

「じゃ、よろしく」

水谷は軽く頭を下げて、ビルの入り口に向かった。小春が権田を見上げると、それに気づいた権田が彼女に向かって目をむいてみせる。やっぱり水谷のとっつきづらさに閉口していたのかと小春は笑った。そのとき、

「オイコラッ！」

いきなり水谷の声が聞こえて、小春はからだをすくめた。

「そこ終わったら次はあっちに進むって言っただろうが。ボケッとしてねぇでさっさとバリ張れよこのクソが！」

また田丸が叱られているのだった。田丸は作業をひとつひとつ丁寧に片づけていく。今だって手を休めていたのではなく、バリケードを次の場所へ移動するための準備を進めていたのだろうと小春には思われた。

「水谷さん」

「あ？」

水谷は怒った勢いのまま振り向いた。大股で近づく権田を見て顔に一瞬動揺が走るけれど、すぐに「なんだよ」という目で見上げる。

「言い方ってもんがあるでしょう。今のは仲間に対して言う言葉じゃないよ」

「仲間？　こいつが？」水谷はにやにや笑った。

「いなくてもいいやつを、おれは仲間とよびたくないっすね」

「そう言うけど、水谷さんがどんなに仕事ができたって、下張りがいなきゃゴンドラもロープもできないんすよ」

水谷は言葉につまった。何か言い返したそうに権田を見上げ、視線をはずす。それから悔しまぎれのように、

「そうやって甘やかすのが、いいんすかねぇ」

おおげさにため息まじりに言って、ビルのなかに入っていった。

権田と小春は田丸がバリケードを移動するのを手伝った。小春は田丸と手分けしてトラ棒を運びながら、隣りを歩く権田に「あの、権田さん」と言った。

「もし、もしよかったら、今日、飲みに行きませんか？」

重ねたカラーコーンを逆さにしてかついでいる権田は、なんのことかわからないように目を見開いて小春を見下ろす。小春は急に恥ずかしくなって、あわてて、

「ご、権田さんがよければですけどっ。無理にとは言いませんっ」

顔中に汗を浮かべて真っ赤になっている小春を見て、権田は笑った。

「いやいや、大丈夫ですよ。飲みましょう、ぜひ」

「えっ、いいんですか？」

「いいも何も。安里さんが飲みに誘ってくれるなんて、すごいうれしいっすよ」

「うわぁ、やった！」

最悪だと思ってた現場で、こんな展開がありえるなんて。まだ興奮がさめずに、権田がカラーコーンを並べるのを手伝っていると、

「あ、だったら」ふと気づいたように権田が顔を上げた。

「飲み会、田丸君も誘おうよ」

「え、あ……」

小春は笑顔が固まったまま、すぐには返答ができない。

「カンパイ、お疲れさまぁ」

「お疲れさまでしたぁ」

小春と権田はビールジョッキを軽く合わせた。そこに、やや遅れてもうひとつ、遠慮がちに田丸のジョッキが合わせられる。新宿駅の西口の路地にある、こぢんまりした焼き鳥屋だった。三人とも半袖のつなぎ姿のままである。まだ夕方の五時をすぎたばかりで外は明るいのに、店内の裸電球の明かりとすでにできあがった客がいるせいだろう、すっかり夜のような雰囲気だった。

働いて汗をかいたあとのビールは、小春の胃にしみ渡った。これだよこれ！　と急に気分が盛り上がってくる。田丸も一緒、ということでメソメソしていた気分もどこかへ行ってしまう。

「おもしろいメンツだね」

権田はビールで濡れた口元のヒゲを手でぬぐい、愉快そうに笑った。「そうですねぇ」と応える小春は、やっぱりこれでよかったんだと思い直す。横で背筋をのばして座っている田丸もニコニコうれしそうにしていて、彼女は心のなかで手を合わせた。

「安里さん、ロープがんばってるんだってね。夏場のロープ、きついでしょ」

「いやもう、きついというかなんというか、脱水になりかかりますね。命の危険を感じますよ」

「そうそう、水分はせっせととらないと、この時期はマジで危ないからね。これからもっと暑くなるから、塩分も意識してとったほうがいいよ」

「こないだ八屋さん、ロープやってて、休憩のとき『寒気がする』って言ってました」

「寒気？　おいおい、そりゃ熱中症だよ！　バッカだなぁあいつ！」

権田は心配するよりもげらげら笑った。酒のせいか、場の雰囲気のためか、現場にいるときの権田とちがって口がなめらかだと小春は思う。そんな楽しそうな権田を見るのがうれしかった。すぐにお互いのジョッキが空いて、おかわりを注文する。田丸はもう目の周りを赤くして、ふたりの話を聞きながらちびちび飲んでいた。

「あたしたちの仕事って、ホントに汗をしぼって、その日のお金を稼ぐって感じですね」

「うん、夏は汗をどっさりかいて、冬はこごえて、お金をもらう。日給月給だから休めばお金にならないし、週六日めいっぱい働いても、世間の平均年収にはおよばない」

「なんで肉体労働って、そんな安い扱いなんですかね」

「さぁ。なんでだろうね」

そんな話をしながらも、ふたりともからから笑っているのだった。

大皿に盛られた焼き鳥の盛り合わせがテーブルに運ばれてきた。小春はさっそくネギ間に手をのばす。炭火で焼かれた地鶏の表面はうっすらキツネ色になっていて、その上にはさらさらと水のような脂がにじみ、天井の電球の光を宿していた。ずっと思い描いた光景が、今まさに目のまえにあった。

竹串に刺さった大ぶりな肉を口でくわえとる。噛むとむちむちした食感とともに塩味のきいた肉汁が口中にひろがり、足のつま先まで震えが走った。

「権田さん」

小春は権田を見上げた。唇は脂でてかり、怪しげに光る目はいくらか血走ってもいて、権田は何事かというふうに見返す。

「あたしがどんなにこの焼き鳥を食べたかったか、わかりますか？」

「え、いや。そんなに焼き鳥、食べたかったの？」

「そうです、これこそ、夢にまで見た焼き鳥なんです！」

「へえぇ、この店、それほど有名だったんだ……」

権田は不思議そうに店内を見回してから、「どれ」と軟骨の串をとった。ふた口であっという間に歯で軟骨をはずし、頬をふくらませてゴリッ、ゴリッと嚙み砕く。その様子に小春が見入っていると、権田はおもむろに顔を上げ、満足そうにうなずいた。「こりゃ、んまいわ」

飲んで、食べて、喋るのに忙しかった。数日まえの朝、屋上のケージに乗り込もうとしたら大嫌いな蟬が三匹も入っていて、飛び回ってなかなか逃げなかったから泣きそうになったと小春が言うと、権田も田丸も笑った。田丸は権田に最近どうだと聞かれ、家にある大きな窓でかっぱきの練習をして、武田に教えられたことの復習をしていると言った。「大きい窓があってうらやましい」と小春は嘆息する。アパートの窓は小さくて練習がしづらい、道を歩いていてお店の大きなガラスを見ると無性にかっぱきたくなる、と伝えると、権田は「おれんちもそうだったよ。仕方ないから、冷蔵庫のドアでやった」と言って小春を驚かせた。だかとはいっても、やはり冷蔵庫では狭すぎて、四十五センチのスクイージーが回せない。だから、部屋の壁をガラスだと思って、シャンプー棒とスクイージーを持って素振りをした。

かいた。

は千代丸ビルの一件のことを権田に聞いた。権田は「ああ」と笑い、「あれはねぇ」と頭を

酔いが回り、緊張もほどけてくると、聞きづらいことも聞いていいような気になる。小春

「つまり、エアかっぱきだよ」

「そんなことないですよ」

「あそこで怒るのは、プロ失格だよね」

思ってやってきたんだけど、なんかあの瞬間、どうでもよくなっちゃって」

「いや、どんなに頭にきても、お客さん側の人間に怒っちゃダメだよ。まぁこれまではそう

「どうでも？」

はこっちの悔しさが、いつまでもわかんないんだろうって」

「うん。武田が見かけだけであれこれ言われたのも我慢ならなかったし、怒んないと、相手

小春はうなずいた。そういう人たちはたしかにいる。

「でも正直おれ、責任者おろされて、せいせいしてるんだ」

権田は屈託なく笑った。

「あそこって、キツキツの日程と人員なのに『仕上がりも完璧に』でしょ？　ゴンドラのノンストップやんなきゃ終わんない現場で、そんなの無理だよ」

「ノンストップって、かすれが多くなるし、ガラスの隅々まで目が届かないですもんね」

「そうなんだよ。あれって、日にちをかけないで作業を終わらせるために、いつの間にかうちで定着したやり方なんだよね。予定の日数で終わらないと、なんでできないって上から言

われるから。おれもずっとやってきたけど、窓きれいに仕上げるっていう、おれらのいちばんの目的と矛盾してるよ」

「ほかじゃほとんどやらないって、羽田さんも言ってました」

「そう。あのスピード感はたしかに気持ちいいし、腕のみせどころでもあるけどね。でも、そうやってなんとか間に合わせてることがわかんない会社がさらに日程を切りつめて、現場もふやすから、どうしたって仕上がりよりも、こなすほうが優先されるようになるんだ」

それまでいい気分に酔ってからだをぐらつかせていた小春は、権田の話を聴きながら思わず居住まいをただしていた。

「だからあたし、ロープのほうが好きなんです。自分のペースで、一枚一枚ちゃんときれいになったのをたしかめて下りられるから。ノンストップって、はじめからそこそこの仕上がりをめざしてるような感じで、なんだか気持ち悪いんです」

「あぁ、職人だねぇ」感じ入ったというふうに権田は目を細めた。

「その気持ちがホントの職人だよ。手づくりの、目も想いもしっかり行き届いたものを提供したいっていう」

「職人」と言われてうれしいと同時にこそばゆくて、小春は「まぁ、でも」とつぶやいた。

「それってあたしの自己満足かも。たかがガラスだし」

「うん、たかがガラス。その意識も大事」権田はフッフッと笑った。

「けど、たかがガラスでも、自己満足も許されない仕事なんか、やる意味がないっておれは思うんだ。人生のほとんどの時間は、仕事なわけでしょ?」

「そうですねぇ」

「なのにおれらってのは、最初から、速く安く大量にかっぱくことを会社とビル側から求められてる。それはプロだから当然だけど、相手にとっては、こっちの気持ちなんかどうでもいいんだろうな。拭いてありゃいい。おれらに大量生産の品物をつくれって言ってるようなもんだよ。結局そうやって、おれらはどんどん、働く喜びさえ取り上げられてるんだ」

小春は何度もうなずいた。自分が興奮しているのがわかった。

「あれ、田丸君、もう寝ちゃったね」

権田に言われて隣りを見ると、田丸は背筋をのばしたまま、顔だけうつむき加減にして眠っていた。

「寝てるときも微笑んでますね」

「ホントだ。仏像みたいだね」

ふたりでそう言い合い、声をひそめて笑った。小春は田丸を見ていて思いだし、「しっかし、今日の水谷さん」と言った。

「なんなんですか、あれ。あたしは、よっぽどじゃないとだれかを嫌いになることはないんですけど、あの人は嫌いです」

「うん。ちょっというか、危ないよね」

権田は顔をくもらせ、考え込むように腕組みした。

「自分だけで仕事できると思ってる。チームでやってるっていう意識がない。やばいのは、それで周りが萎縮して、のびのび動けなくなることだよ」

「あたしも水谷さんの現場入ると、からだが固まっちゃいます」

「そうなると危ないんだよ。焦って仕事するでしょ？　それに、何か確認したくても、怒られるかもと思ってすぐに聞けなくなる。そのちょっとしたことから、大きな事故が起こるんだ。緊張感は必要だけど、責任者がただ身勝手にピリピリしてる現場って、下で働くみんなを日々危険にさらしてるのと同じだよ」

「なんでもないことをすぐに聞ける雰囲気って、すごい大事だと思います」

「うん。だから、水谷さんには、おれたちみんな、死ぬかもしれない仕事してる仲間なんだっていう意識というか、想いが欠けてんだよ。おれに言わせれば、そんなの責任者の器じゃないってことだよ」

　権田の声に力がこもっていた。小春はつよくうなずき、腹立ちの勢いもあって、
　もちろん冗談のつもりだった。

「まったくですよ。お前が死ねって思いますよ」

「安里さん。それはね、言っちゃいけない言葉だよ」

　しかし、権田は笑わず、
　小春はドキリとして息を飲む。権田はおだやかにつづけた。

「おれらはホントに、いつだれが死ぬかわからない仕事してるんだから。どんなに嫌いでも、たとえ冗談でも、それは言っちゃダメだと思う」

「……すいません」

　小春は頭を下げた。その消え入りそうな声音に、権田は「いやいや」とあわてて手を振った。

「安里さんが本気で言ったんじゃないって、おれもわかってるよ。だけど、気をつけないとおれらって、生きてることが当然だって、すぐ思っちゃうから」

不思議そうに目を見開いた小春に、権田は伝わるかどうか自信がないというふうに眉間にシワをよせ、「つまりね」と話しはじめた。

「おれらって、たかだか数十年生きて、死んでくんだよね。次々雪崩れるように生まれてきても、ほとんどだれもが、歴史に名前を残さないで消えてしまう。せいぜい孫の代まではおぼえてもらってるかもしれないけど、二百年もすれば、その人が生きた証なんか、なかったも同然になるよ。二百年まえ、江戸時代に生きてたふつうの人のことなんて、おれらまったくわかんないでしょ?」

「ハイ」

「それと同じで、今この店にいるみんなも、いつかは歴史の向こう側に消えてくんだ。あそこで汗だくになって焼き鳥焼いてるオヤジさんも。カウンターで手帳にらんでビール飲んでるあの人も。当然このおれらも」

「………」

「そう考えると、おれらってのは、人が慌ただしく生きて、死んでくなかで、たまたま同じときに居合わせたんだよね。お互い、いずれ死んで、二度と会わなくなる。人はいがみ合うもんだけど、そう思ったら、もうちょっと、ちょっとだけでも、相手に対して別の見方がもてるような気がするんだ。それを忘れるから、仕事ができるできないだけで人のすべてを評価したり、つまんないことを許せなくなったり、いろんなことがおかしくなる」

そこまで話して、権田は目をふせてジョッキに残ったビールを飲み干した。その権田の姿を、小春ははじめて出会った人を見る思いでみつめていた。

今の話のすべてを自分が理解できているかどうかわからなかった。しかし、聞いていて、目のまえの権田も自分も、今ここにいると同時にいないという、奇妙な感覚におちいっていた。あたりの声も物音もふいに静まりかえり、ある物哀しさだけが胸底でヒタヒタ波打っている。気がつくと、いつから目をさましていたのか、田丸がまばたきもせずに、権田の話にじっと耳を傾けていた。

「おれらガラス屋こそ、それを忘れちゃダメだと思うんだよね。いつかだれかが死ぬかもっていう、せっかくそういう仕事してるんだから」

「せっかく、ですか？」

小春は聞き直した。

「せっかく、だよ」

権田はいたずらっぽい笑みを浮かべ、それからふっと息をつき、「なんかヘンな話になっちゃったね」と言った。「酔ったか」

両手で顔をこする権田に、どんな言葉をかければいいのかと小春は戸惑っている。でも、何か言いたかった。わからないなりに、権田の言葉をちゃんと受けとめたことを示したくて、

「権田さんって、ホントに、やさしいですね」

いつも心の中心から消えずに、話を聴きながらますますつよまってきた想いを伝えた。

「おれが？」

権田は驚き、「そうなのかなぁ」と首をかしげた。

「だって、おれが言ったことって、『お前らみんな死ぬぜ、仲良くしろ』ってことでしょ？『死んだらうえに忘れられるぜ』って。ひどい話じゃない」

「………」

「そんな考えが、なんでか、頭から離れないんだよ」

ふと苦しげな表情を浮かべてうつむいた。そして「おれがはじめて、ガラス屋の会社に入ったとき」とつぶやいた。

「サエキに入るまえの会社だけど、社長が落ちて死んだんだ」

小春は「え」と顔を上げた。権田は眼前に浮かんだ情景を追うように、淡々とつづけた。

「もう二十年くらい昔になるけど。社長はそんとき、ビルの六階で、窓の外にからだを乗りだして作業してたんだ。『乗りだし』っていって、当時のガラス屋にとってはそれが、ロープよりもステイタスがあったんだよ。社長はまだ三十歳だったかな。子どもが生まれたばかりで、その自信に満ちた笑顔がカッコよくてね。新人のおれに『これぞガラス屋ってのを見せてやっかんな』って言って、ひとりで上に行ったんだ。その五分後だよ。おれは一階の外で作業しながら、社長の勇姿を見上げてた。そしたら、窓枠をつかみそこねたのか、一瞬バンザイするみたいに両手を上げたんだよね。アッ、と思ったら、そのままおれのすぐ目のまえに落ちてきた。即死だったよ。下になったからだの右半分はヘンな感じにつぶれて、上を向いた左の耳からは、ちっちゃい噴水みたいに血があふれてた」

田丸が息を飲む気配が伝わってきた。その情景がいやに生々しく思い浮かび、小春も身動きができない。

「それからかな、おれらが今生きてるのが当然、と思えなくなったのは。おれらは、細いロープの上にたまたま乗ってるだけじゃないかって。ちょっと踏みはずしただけで、すぐあちら側に行っちゃうんじゃないかって。……だからおれは、とにかくみんなに、死ぬなよって、それだけを言いたいんだよ」

小春はとりあえずうなずいたけれど、足元の底が抜けたようなたよりなさを感じていた。カードの裏表のようにすぐにも生と死が裏返るのなら、自分だけが「絶対死なない」なんて、何を根拠に言い切れるのだろう。

権田は田丸を見やり、「おい。大丈夫か、お前」と言った。

「お前ほど、純粋にこの仕事が好きなやつはいないんだから。水谷がガァガァわめいても、焦んなよ。何よりも優先すんのは、自分と他人の安全だ、な。そこが納得できない責任者には、したがわなくていい」

「……ハ、ハイ」

田丸は緊張した面持ちで応える。権田はテーブル越しに大きな手をのばし、田丸の肩をつかんで「頼んだぞ」と言った。


権田と田丸と飲んだ夜のことを、小春はくり返し思い返すのだった。あのとき権田が見せたいろんな表情と笑い声、そして彼が話したこと。何よりも忘れられないのは、新宿駅西口の構内で短く立ち話をしたときのことだった。小田急線だという田丸と別れたあと、権田はすぐには改札に入らずに、バックパックを背負ったまま券売機の向かいにあるキオスクの壁にもたれかかった。店をでたときから足どりが怪しくて、それをおもしろがる小春も同じくらい酔っていた。

小春はかついでいたバッグを床に下ろし、権田のそばに立った。そして、酔いの勢いにまかせて、権田がこの仕事をしていることを奥さんはどう思っているのかと聞いた。心配していないかと。彼の奥さんとはどういう人なのか、以前から小春は気になっていて、奥さんの気持ちに寄りそうふりをして探ってみたのだった。

するると、権田はまばたきして、「いやぁ、うちの奥さんは」と意味ありげに笑った。

「おれが窓拭きやってるの、よく思ってないんだよ」

「え、どうしてですか？」

「なんていうか、恥ずかしいんだろうね。あるときも、仕事が早く終わって帰ったら、団地の主婦仲間がたまたまうちに集まってて。おれが『ただいまぁ』ってドア開けるなり、うちの奥さん、コワイ顔で立ちはだかって『外で時間つぶしてきて』ってさ。つなぎ着たおれを、サラリーマンの旦那をもった友だちに見せたくなかったんだろうね。仕方ないから、おれ、近くの公園のベンチでひとりでぼうっと座ってたよ。日が暮れるまで」

あんときは、さすがにこたえた。そう言った権田の表情に、小春の胸はしめつけられた。

「こんなこと、今までだれにも言ったことないんだけど」

権田は苦笑を浮かべ、ちらりと小春を見た。そして、まっすぐに見上げている小春に気づいて、ふと驚く。ほんの数秒——でも小春にはだいぶ長く思われた時間——お互い相手の目をのぞき込むかたちになった。

「安里さん」権田が口を開いた。

「お願いがあるんだけど」

ひどく思いつめたような声、まなざし。小春は緊張して次の言葉を待った。

「一回でいい」と権田は言った。

「一回でいいから、安里さんの胸に、さわりたい」

「へっ？」

まさか、聞き間違いだと思ったけれど、権田は「一回だけっ」とくり返していた。

「ちょっちょっちょっちょっ、唐突に何を言いだすんすかっ。権田さん酔ってる酔ってる」

「おれは酔ってないよ。断じて酔ってない」

「いやいやいや、ただの酔ったエロ親父じゃないっすか」

「エロ親父を見くびっちゃいけないよ」

「そおゆう話じゃなくて」

「お願い。でないとおれ、帰れない」

必死そのものといった感じで、頭の上で両手を合わせる。

「……こ、ここでですか？」

「ここで」

「……今？」

「今」

構内に充満した人いきれのせいで、全身に汗が噴きだしてきた。いくらなんでも、ありえない。これじゃあ、権田さんもサエキのほかの男たちと変わんないじゃないかと思うけれど、それでも小春のなかには、公園のベンチの片隅にぽつんと身をおいている権田の姿がまだ残っていた。

「……どうぞ」

うつむいた視界のなかで権田のからだが迫り、彼の手が、左胸のふくらみに寄りそうように、そっとおかれた。それまで聞こえていたはずの周囲の音のうねりが、ふっと絶えた。

胸を圧する力が、遠慮がちに少しつよまる。小春の下腹にも自然と力が入る。骨の太くて肉厚な権田の手は、熱かった。つなぎの生地越しにもそれははっきりわかるほどだった。このとき小春には、彼の手のひらの熱と、激しく脈打っている自分の鼓動しか感じられなかった。

「おお。これは……」

権田は低く声を震わせた。それから「ああ」と苦しげな吐息をもらし、

「このまま安里さんをさらって、どっか行っちゃいたいよ」

その言葉に、小春は一瞬動けなくなった。「ありがとう」。権田はそうつぶやき、身を引いた。

さらうなら、さらえばいい。喉まででかかって言えずにいる小春の気持ちに気づいているのかいないのか、権田はそれまでの厳粛な面持ちから一転、これ以上ないというくらいニカッと顔をほころばせ、「サイコーだ！」と言った。

あれは一体なんだったのか。

権田のメールアドレスを教えてもらっていたので、翌日から毎日メールのやりとりをするようになった。とはいっても、大概はその日の仕事に関する報告といったもので、あのときのことについて権田はふれなかったし、小春もあえてふれなかった。しかし、本心では、なぜ避けるのか不満だった。ふれたら何かが決定的になってしまうという恐れは小春も感じていた。けれど、それくらい覚悟したっていいじゃないか。あたりさわりのない内容のメールをやりとりしながらも、その背後では、お互いじっと息をひそめて相手の出方をうかがっているような、妙な緊張感があった。

七月下旬のその日、現場は黒沢が責任者をつとめる、池尻大橋の国道沿いにある高層ビルだった。朝、控室である地下の工事関係の資材置き場に小春が着くなり、床にあぐらをかいていた黒沢が、

「おう、安里。おめぇ、女になったのか？」

一点の秘密も見逃さないというように目を細めて言った。

「な、なんすかいきなり。あたしはまえから女じゃないっすか」

動揺を隠して小春は言い返す。すると黒沢は、

「ちげぇな。なんかあったな」

ますます悪い顔になってじろじろ眺め回すのだった。さすが幼稚園のころから女を手玉にとってきたと自慢しているだけあって、その勘の鋭さは油断ならない。

昨夜、思いがけず権田から〈今度、映画でも行きませんか？　こないだの飲みのお礼もし

たいし、話もあるので〉とメールが届いたのだった。来た！　ついにキタ！　小春は「さらわれるぅ」などと口走りながら、枕を抱いて部屋を転がり回った。

「うぃーっす」

船橋のクラッシャーこと、野村がやってきた。入り口で空手家がやるように拳をつくった両手をまえで交叉させ、開いてからだの脇でとめる。女としては背が高く、小顔でスリムなからだつきだけれど、肩幅があった。十九歳というだけあって、小麦色に日焼けしていても張りを失わない肌が小春にはうらやましい。つづいて黒縁メガネをかけた保坂が「おはよー」と言って入ってきた。いつも何かを食べている彼女は、野村とは対照的に背が低く、つなぎのジッパーがはじけそうなほどの肥満体型だった。ふたりとも、街で見かけたガラス屋にカッコよさを感じて入社してきたのだった。

「今日は女ばっかじゃん。黒沢さん、ハーレムだね」

黒沢の隣りにいた栗原が言う。

「どこがだよ。アマゾネス軍団じゃねぇか」黒沢が苦々しげに応える。

「今日って何やんすか？」

そう聞いた野村に「ロープだよ」と黒沢が答えると、「ギャー、ロープッ」と彼女は騒ぎだした。

「ロープマジこえぇよぉ、なんであんなことやんだよぉ、こないだなんかあたし、ブランコからずり落ちそうになったんだよ？　宙吊りだよ宙吊り。ウンコちびりそうになったよぉぉ」

「だったらやめっか？　ビビッてるやつに無理にやらせたって危ねぇだけだ。下張りは保坂と思ってたけど、お前やれよ」

　黒沢に言われ、闘志に火がついたのか野村は「やるやるやる、やりますよ」とムキになった。それでもしばらく「やるけど恐い、恐いけどやる」とうろうろ歩きつづけ、最後には自分の両頰を思いっきり叩き、

「しゃおらっ、負けねぇぞっ！」

　マンガのキャラクターみたいな、若いとしか言いようのないその騒々しさに、黒沢はたまらず「うるっせぇよおめぇはよぉ」と怒鳴った。

　しかし、黒沢の受難は午前中いっぱいつづいた。野村はブランコ板への乗り込みのたびに「キャアア、黒沢さん、助けてぇぇ」とわめき、ひさしぶりにロープをやるという栗原もそれに乗じて「あたしも助けてぇぇ」と声を上げた。黒沢は「おめぇらふざけんな」と言いながらも、ほうっておけずにあれこれ面倒を見て回ることになる。

　ひとりで作業を進める小春は、黒沢を気の毒に思いながらもおかしかった。黒沢がコワモテでも女子作業員に人気がある理由がわかる気がした。ただ、作業的には黒沢と小春に負担がのしかかってきて、さすがに彼女も、ロープ作業に慣れていない人間ばかり入れる、この人員配置の粗さってどうなの、と疑問を感じざるをえなかった。

　ロープを左右に振りながら窓を二枚かっぱいて、窓の両脇に水滴がたれていたらウエスで拭いて。手を離して作業するときにブランコ板がずり落ちないよう左の太股とブランコ板に巻きつけたメインロープをほどき、次の窓まで下りる。下りたらまたメインロープを太股と

ブランコ板に二回巻きつけて、ロープを左右に振ってかっぱく。その一連の動作がスムーズに進むと気持ちがいい。身についた力量のぶんだけ自由になれる。その範囲内で、ひとりですべてを支配している感じがある。自分でも慣れてきたと思うけれど、〈ロープ作業に「慣れ」ってないんだよ〉と権田がメールで言っていたことを思いだし、油断はしない。

メールのやりとりのなかで権田は、ロープ作業は惰性じゃできない、毎日、毎回、全部の神経をそそいで安全を確認するものなんだ、と小春に伝えていた。羽田さんたちの「速さ」は、ただ速いだけじゃないんだよ、そういうすべての確認を土台にしたうえで成り立っているんだよ、と。

権田が今日は代々木のロープ現場に行くことを、昨夜のメールで小春は知っていた。水谷が責任者で、羽田もいるとのことだった。今ごろ権田さんはどうしてるだろう。権田さんがロープを振って豪快にかっぱいてる姿を見たかったなと思う。

昼休み、黒沢は女子たちの相手でヘトヘトになったらしく、弁当を食べるなり寝てしまった。小春も向かいの壁によりかかって休んでいると、右隣りにいた栗原がいきなり、半袖からでた二の腕の肘に近いあたりをつまんでくるのだった。

「ほお。やわらかいねぇ」

「な、なんすか」

「知ってる？　ここのやわらかさが、おっぱいのやわらかさと同じなんだって」

「え、そうなんですか？」

「そうらしいよ。十代は耳たぶのやわらかさで、二十代三十代は、二の腕の下のほうなんだって」

「へえぇ」小春が感心していると、黒沢の横にいた野村が「そうなのそうなの？　さわらせて」と這ってやってくる。細く長い指で腕の肉をつままれ、くすぐったくてからだをよじらせていると、

「あ、ホントやわい。これって、弾力がなくなってるってこと？」

野村は無邪気に言うのだった。「若い」イコール「残酷」ということなのかと、小春は内心ため息をつく。三十すぎで独身の保坂は、興味がなさそうに食後のエクレアを頬張っていた。

一日の作業が終わり、控室にもどってそれぞれ自分の道具をバッグのなかにしまっているときだった。黒沢の携帯のバイブ音が響いた。「おっ、羽田さん」と言って、黒沢はあぐらをかいたままメールの文面に目を落とした。野村と栗原は「サエキの男で、だれにいちばん抱かれたいか」を言い合っていて、「黒沢さん」「羽田さん」といった名前のなかに唐突に「クマさん」という名前がでてきたので、小春はギョッとして聞き耳を立てずにはいられなかった。

「え〜、クマさん？　いい人だけど、まんまお父さんじゃん」

野村が声を上げると、栗原は、

「バッカ、あんたあのセクシーさがわかんないの？　あの腰つき、オスそのものの色気があるじゃないよ」

さらに、「今度、夕飯の残ったおかずで、お弁当でもつくってあげよっかなぁ」。相手に家

庭があることなど意に介していない、いつになく女らしい口調だった。小春は急に、そわそわと焦りに似た落ちつかなさを感じた。

突然、「ああ……!」とうなる黒沢の声が聞こえた。小春が驚いて見ると、黒沢は今まで見たことがないほどの険しい顔つきになって、口元を片手で覆っていた。携帯を見る目は苦痛にゆがんでいる。

「どうしたんすか?」

栗原が遠慮がちに聞くと、黒沢は喉の奥から声をしぼりだした。

「クマさんが、死んだ」

野村と栗原、そして保坂から、同時に「エッ?」と声が上がった。息を飲み込んだ小春は、黒沢の言葉に反応できなかった。その意味がわからなかった。

「……マジで?」

栗原がつぶやく。黒沢は携帯を投げだすと、「チッキショッ!」と怒鳴り、拳で床を殴りつけた。

外はまだ、夕方とは思えないほど光と熱気が逆巻いていた。国道沿いの歩道では、上着を脱いだ若いサラリーマンが、ガードレールに腰かけて携帯で話をしている。そのまえを、ランドセルを背負った子どもたちがだれかのことを口々に罵り、笑いをはじかせながら通りすぎていく。トイプードルを散歩させている女もいれば、サングラスをかけてジョギングする白人の女もいる。国道はひっきりなしに車が走っていて、小春はふと、このまま近くを歩いている黒沢たちと「お疲れさまぁ」と言い交わして、一日の仕事から解放されるような気持ちになった。

……あれ？　さっき、権田さんが死んだって言ってなかった？

わからなかった。

権田さんが死んだというなら、どうして、こんなにも世界はいつもどおりなんだろう。どうして、大きく開いた穴が、どこにもないんだろう？　そんなわけないじゃない。

気がつくと、地下鉄に乗っていた。ドアの暗い窓ガラスに、なぜか自分の両腕をつかんで支えている栗原と野村が映っていた。その背後には黒沢や保坂の姿も見える。それらをぼんやり眺めていると、ふいに視界に栗原の顔が現れ、「あんた、ホントに大丈夫？」という声が聞こえた。反射的にうなずく。なぜそんなことを聞くのだろうと不審に思いながらも、からだのなかから何かがあふれでそうになっていた。

渋谷駅で電車を降りた。地下構内から地上にでて、ＪＲ山手線に乗り換えるとき、小春はふらふらとセンター街のほうへ歩いて行こうとした。

「ちょっとちょっと、どこ行くんすか？」

腕を離そうとしない野村に聞かれ、小春は、

「病院に、行かないと」と答えた。

「権田さんに会わないと」

「ダメだ、安里」黒沢が首を振って言った。

「クマさんが運ばれた病院は、西新宿だよ。渋谷にあるんじゃない。それにな、クマさんの

嫁さんから、家族だけにしてくれって言われてるらしい」

「………」

「お前の気持ちはわかるけど、おれらはもう、クマさんに会えないんだよ」

「もう会えない？　なんでですか？　どうして？」

黒沢を見上げ、小春は挑むように笑った。

「なんでそんなことがあるんですか？」

「なんでって、そうだからだよ」黒沢は苛立った声を上げた。

「おれだって、クマさんに会えるなら会いてぇよ。お前だけじゃねぇんだよ」

小春はうつむいた。でもまだ、信じていなかった。これはタチの悪い芝居なんだと思い込もうとしていた。権田さんが死ぬ場面をだれも見ていないのに、どうして死んだなんて言えるのか。自分が受け入れさえしなければ、「もう会えない」なんてこともホントにはならないのだと思った。

会社の三階にある会議室には、まだ現場から戻っていない者もいるのだろう、六十人近くいる作業員のうち集まったのは四十人ほどだった。いつも長方形に並べられている長机は壁際に寄せられ、部屋の前方中央に据えられたホワイトボードに向き合うかたちで、パイプ椅子が十脚ずつ六列に置かれていた。作業員たちはそこに座り、会社からの説明を待っているのだった。だれもがうつむいたり目をふせたりしていて、ひと言も発しなかった。武田は腕を組み、眉間にシワを刻んで、じっと自分の膝のあたりに目を据えていた。近藤はだれかが部屋を出入りするたびに顔を上げ、鋭い視線を送っていた。苅田はほうけたような顔つきをして座っていた。

小春たちをつれた黒沢が部屋に入ると、いちばんまえの列にいた近藤が立ち上がった。日常的にロープ作業をするふたりは、目が合った途端にくしゃりと顔をゆがめ、みんながいるのもかまわずお互いの肩に頭をこすりつけた。すると、あちこちの席からグスッと洟をすする音が立った。

小春は、列のいちばんうしろの端にいた田丸の隣りに座った。事故現場で下張りをしていたという田丸は顔を上げなかった。からだが小刻みに震えているのが小春にも伝わり、思わず膝の上に置かれた彼の手に自分の手を重ねた。どちらの手も冷えきっていた。田丸が何かつぶやいて、小春が顔を寄せると、彼はもう一度つぶやいた。

「ご、権田さん。権田さん、死んじゃった……」

それを聞いた途端、小春のなかで、何かが痛みとともに破けた感覚があった。そして気がついたときにはもう、不快なほどにあたたかいものが、頰の上を勝手にこぼれ落ちていくのだった。

会議室のドアが開いて、水谷と羽田、八屋が入ってきた。それにつづいて、いつも会社にいる三原と、小春は見たことのない、しかめ面をしたスーツ姿の男も入ってきた。もう六十すぎに見えるが、大柄で、メガネをかけ、染めているのかいやに黒々とした頭髪をぴったりオールバックでなでつけている。空いているパイプ椅子を壁のほうに運び、座った。八屋も席につき、あとの三人はホワイトボードの横に立った。水谷はやや青ざめながらも、ふてくされたように顔を上げていた。羽田は罪を抱え込んだ人のようにうなだれ、時折片手でまぶたをぬぐっていた。

「えー、では、緊急会議をはじめさせていただきます」

白髪頭を短く刈り込んだ三原がもそもそと口を開いた。

「もうご存知の方もいらっしゃるかもしれませんが、本日午前九時すぎに、代々木のクラウドビルの九階から、権田さんがロープ作業中に墜落しました。権田さんは、救急車で運ばれましたが、大変残念ながら、搬送途中に亡くなられました。ご冥福を、お祈りしたいと思います……」

会議室を満たした沈黙が濃く重くなった。小春は歯を食いしばり、目をきつくつむった。

認めたくないというささやかな抵抗は、もはやなんの意味もなさなかった。

「今後、同じような事故を起こさないためにも、事故の原因をみなさんと共有しなければなりません。権田さんの死を、我々、ムダにしてはいけないのです。会長と社長は席をはずしておりますが、ご遺族と警察への対応があるためで、ご了承ください。……それでは、事故の状況説明に入ります。水谷さん」

そうふられた水谷は目を見開き、「ムリムリ」というように首を振り、顔のまえで手も振った。そして、

「おれはそんとき見てないから。羽田さんのほうが」

言われた羽田はふっと顔を水谷に向けた。水谷はその視線を避けて顔をふせる。

羽田は一歩まえにでると、ちらとみんなの顔を見渡し、

「大変、申し訳ありません……！」

叫ぶように言った。からだを震わせながら、深々と下げた頭をいつまでも上げようとしなかった。

＊

一本目を終えて地上に下りた羽田は、ザイルとハーネスをつないだ器具をはずし、バリケードの外にでた。幅二メートル、高さ二・五メートルほどの窓ガラスをワンフロアにつき二枚同時にかっぱくのだが、彼にとってはとくにむずかしいところはなかった。

自分のザイルの左隣りに八屋のロープが二本たらされていて、そのまた左に権田のロープが二本、屋上からたらされている。上を見ると、八屋が十階にいて、権田は九階に下りようとしているところだった。さすがクマさん、八屋さんのセットを見届けてから下りたはずなのにもう追い越してる。八屋さんはあいかわらずヘタクソだなぁ、そうちらりと思った。

バリケードの外に田丸がいて、「お、お疲れさまです」と恐縮するように頭を下げた。羽田も「お疲れっす」と頭を下げる。朝、会社をでるときからまた水谷に怒鳴られたのによくやってるという思いもあって、

「どう、問題ない？」

と声をかけたときだった。ギンッ、と上で何かがきしむような音がして、田丸がアッと上を見上げた。反射的に羽田も振り返って見上げると、こちらに背中を向けた権田がロープごと、足から降ってきた。そしてビルの敷地の石畳に、やわらかいものが硬いものにぶつかる

大きな音とともに、足がつき膝がつき、そのままの勢いで上体がまえに倒れ、頭が激突した。あたりにヘルメットの青い破片が飛び散った。

羽田は一瞬動けなかった。が、すぐに我に返ってバリケードを跳び越え、駆け寄っていた。権田は尻を突き上げるような格好でうつぶせになっていて、ブランコ板が腰の上にのっかり、その腰にあるはずの安全帯が肩甲骨のあたりまでずり上がっていた。安全帯とロリップでつながった補助ロープがなぜここに落ちているのか。ロープの先を目で追うと、繊維が破裂したような断面を見せてちぎれていた。

「クマさん！　クマさん！」

羽田は権田を呼びつづけた。地面に手をついて横から見ると、権田のまぶたはうっすら開き、かすかにけいれんしていたが、瞳はどこも見ていなかった。しかし、このとき羽田はなぜか「いや、助かる」と思っていた。かつて別の会社で、もっと高いところから落ちた先輩を羽田は見ていた。その先輩は死んでしまったけれど、クマさんが落ちたのはそれより下だし、出血も口から少しでているだけだ、だから「助かる」。

「救急車！　救急車呼んで！」

羽田は叫んだ。うしろを振り返ると田丸はバリケードの外で棒立ちになっていた。ダメだと思い周囲を見回したとき、水谷がひきつった顔でやってきた。

「おいおい、マジかよ、どうしたってんだよ……」

震える声で言ってくる。その呑気な口ぶりに羽田は思わずカッとなり「いいから早く、救急車呼べよ！」と怒鳴りつけた。水谷は驚いて身を引き、つなぎの胸ポケットから携帯を取りだした。

羽田は権田の首筋に指をあてて、脈を探った。探りながら、呼吸をしているかも目視でとらえようとした。どちらも認められなかった。混乱と冷静が入りまじった意識のなかで、どうすればいいのかと必死で頭を働かせる。心臓マッサージと人工呼吸しかない。でも、頭を打ったのだから、からだを動かしちゃいけないんじゃないか。かといってこのまま何もやらなければ、助かるものも助からないんじゃないか。仰向けにできるか背中に手を添える。が、からだを裏返すには腰袋のついた安全帯とブランコ板が邪魔だった。はずそうにも、安全帯は脇の下の肉にめり込み、ブランコ板も下半身を持ち上げなければはずせそうになかった。なんにもできない。このとき羽田は、はじめて、叫びたいほどの絶望に襲われた。

しかし、一体どういうわけなのか。そんな切迫した状況でも、羽田の目は、権田のつなぎの尻の部分が大きく裂け、そこから黒いボクサーブリーフがのぞいているという、あまりにもこの場面にふさわしくない光景をいちいちとらえてしまうのだった。笑えるわけもない。よりによってなぜ、こんなときに、と、羽田は「死」の容赦ない底意地の悪さをまえに、ただ困惑することしかできなかった。

*

羽田は事故発生時の客観的な状況だけをかいつまんで述べた。

「……原因を考えたとしても、どれも推測でしかありません。ただ、たしかなことは、メインロープも補助ロープも切れてしまったということです。これはどちらも、ちょうど屋上から、十五階の上にある庇（ひさし）までの長さで切れていました。あそこの庇はかなりでっぱっていて、先端が鋭利なので、庇とメインロープが接触する部分にロープガードを巻くことになっていますが、そのロープガードは、地上に落ちていました」

　冷静さを取りもどした羽田の話に、だれもがじっと聴き入っていた。小春も鼻をハンカチで押さえながら、聞きもらすまいとしている。ロープガードは小春も使ったおぼえがあった。庇やパラペットの段差など、メインロープがこすれて切れる危険が考えられるときに巻く、生地が固くて厚い、細長い布だった。

「ですから、考えられることとしては、メインロープに巻いたロープガードが、ロープを振って作業しているうちに、何かの拍子に庇の上にのってしまったんじゃないか、ということです。そういうケースを、ぼくは知ってます。それで、メインロープが裸のまま庇にこすられつづけ、切れてしまった。……でも、いちばん問題なのは、そのときにからだが落ちないようにするための、補助ロープまでが切れたことです。八屋さんは、権田さんが落下する直前に、パン、とはじける音を聞いたんですよね？」

　突然名前をだされた八屋は、動揺したようにからだを揺すって「ハ、ハイ」とかすれた声をだし、咳払いした。

「おれが隣りを下りてたら、権田さんのほうからギシッていう音がして……、見たら、権田さんが補助ロープに宙吊りになってました。アッと思ったら、いきなり権田さんの頭の上あたりで、補助ロープがはじけて。それで……」

羽田は険しい顔をしてうなずいた。

「八屋さんは、作業前に、補助ロープを権田さんと交換したんだよね？」

「えっ。いや、あの、それは」

「いや、ヘンな意味じゃなくて。ぼくも水谷さんもその場にいたからおぼえてるけど、八屋さんが『このロープ、こんなほつれてて大丈夫か』っていうのを、権田さんが『おれがそれ使うよ』って、自分から交換したでしょ？」

「そ、そうです」

「ロープは古くて傷んでいた、ということです。その補助ロープは、つるつるしたポリエチレン製じゃなくて、ざらざらしたほうのポリプロピレン製でした。ポリプロピレン製のロープは、劣化すると切れやすいんです。つまり、メインロープが切れて権田さんが補助ロープにぶら下がったとき、その衝撃で、もろくなっていた補助ロープが一気に切れた、と考えられます」

命綱であるはずの補助ロープが役に立たなかった。それも、劣化のために。推測とはいえ、羽田の解釈にだれもが少なからず衝撃を受けていた。それって、会社の責任じゃないのか。そう小春が憤りをおぼえたときだった。

「そんなロープを使ったの」

壁際で腕を組んで座っていたスーツの男が、急に横から声をさしはさんだ。

「そうなりますね。それしかなかったんですから」

羽田は男を見すえ、淡々と答える。

「でも、君たちプロだろう。プロなら、そんなロープを使っちゃ危ないってわかるだろう？」

「当然わかってます。権田さんだって、そんなこと百も承知で、仕方なく使ったと思います。じゃなきゃ、作業できませんでしたから」

「作業より、優先するのはまず安全でしょ？　会社の安全スローガンにもそう書いてある」

「作業しないで帰ればよかった、ということですか？」

「それはやむをえないだろう？　ベテランだからって、どこかに過信があったんじゃないか？」

「…………」

「君の説明はわかった。じゃあここからは、本音で話そう、本音で。実際のところ、何があった？」

その身も蓋もない口ぶりに、小春をふくめて作業員のだれもがあっけにとられていた。男は座ったパイプ椅子をずらしながらホワイトボードのまえに進みでた。

「何があったって……、これ以上何があるっていうんですか。ぼくは警察にも、同じことを伝えたじゃないですか」

「いや、君が彼を――、権田さんか、権田さんをかばいたい気持ちはわかるよ。でもね、私は安全を管理する立場だから、ホントのところを把握しなきゃならないんだよ。今回の事故は、結局、彼個人のミスなんだろ？」

パイプ椅子をギシッと鳴らし、「おい」と武田が言った。

「さっきからあんた、なんかおかしくねぇか？　権田さんを悼む言葉、一個も言ってねぇじゃねぇか。あんた、権田さんが死んでも、なんにも思わねぇのか？」

「そんなことはないよ」

ややひるんだ様子を見せながらも、それでも男は確信を込めて反論した。

「でも大事なのは、これからじゃないか。起こってしまったことは、これはもう取り返しがつかない。だったらこれからのことを考えるのが、会社にとって重要だろう」

「お前な」武田が言いかけたのと同時に、

「ちょと……、ちょと待ってくださいよ田島さん」

羽田が大声をだした。あきれかえって笑ってしまう、そんな声音だった。

「それってなんなんすか。そんな言い方ってありですか。ぼくら、ただの道具ですか。たしかにぼくら、命をかけてやってても、仕上がりに気持ちを砕いて仕事してても、結局はたかが汚い窓拭きだと思われてますよ。だけど、なんですか。なんで、同じ会社の人間にまで、そんなふうに扱われなきゃならんのですか！」

羽田の言葉は、最後には抑えきれない叫びのようになっていた。田島と呼ばれた男は面食らって言葉を失っていた。羽田はつづけた。

「本音で言えっていうなら、本音を言いましょうか。権田さんが落ちた原因のおおもとは、ぼくは、会社にあると思ってます」

「…………」

「メインロープが切れたのは、ロープガードが庇にのることを想定して下寄りにセットしなかったからかもしれません。でも、体重がかかっただけで切れちゃいけない補助ロープまで切れたのは、権田さんのせいじゃありませんよ。田島さん、これはあなたに責任があるんじゃないですか？」

「私に？」

「ぼくがあんだけ、古くなったロープや資材を買い替えてくれって言ったのに、経費がどうのこうの、腕でカバーしろだの言って認めてくれなかったのは、あなたじゃないですか」

「はあ？」武田が声を上げた。「お前、それで『安全管理室長』の肩書きつけてんのか？」

「いや、認めなかったわけじゃないよ。いつ新調するか、時機を見ていたんだ。買い替えようとしていた矢先だったんだ」

田島はメガネを上げ、目に入りかかる汗をぬぐった。押し黙ったほかの作業員たち全員の視線が、羽田と田島にそそがれていた。

「あなたは、ぼくが警察の事情聴取を受けるまえに、『みんなのことを考えてな』って小声で言いましたね。あれって、ぼくが会社について思ってることを全部言って、営業停止になったら困るのは、ぼくをふくめたみんななんだよっていうプレッシャーですよね」

「いや、羽田さんそれは、それはですね……」

「言えばよかったと、ぼくは今、後悔してますよ。なぜって、あなたがまだそんなんじゃ、また事故が――、権田さんのような事故が、また起こるからです！」

田島はもはや何も言えなかった。殺気まじりの気配に包まれて、そわそわと落ちつきなくうつむいたかと思うと、助けを乞うようにそばにいた三原を見上げたりした。三原もそれに気づき、とってつけたように腕時計をのぞいて言った。

「じゃあ、会議はまた後日、あらためて行うということで、今日はここまでとしましょう。事故現場にいた作業員の方は、あしたはどうぞ、お休みください」

田島が身をかがめて小走りで部屋をでていったあと、ほかの作業員たちは一切言葉をかわすことなく、ドアのほうに向かった。羽田はまだまだ言うことがあるという様子だったが、勝手にしろというように近くの空いていた椅子に腰を下ろした。黒沢と近藤はその羽田の両脇に立ち、黙って肩に手を置いている。小春は田丸をうながして部屋をでた。

いつも会議などで会社に集まれば、みんなは解散してても玄関まえでたむろしてそれから飲みに行くのに、会社のまえにはもう人影はなかった。濃い夕闇のなかに、ぽつりぽつりと、甲州街道沿いを新宿駅方面に向かっていくだれかのうしろ姿が見える。

小春と田丸も駅の方向に歩いていった。お互い何も言わなかった。

歩いているのに、歩いているという感覚がなかった。自分がうつろな影になったような頼りなさ。しかも、街灯に照らしだされた足元のアスファルトは視界に映っているはずなのに、なぜか同時に、いつの間にか大きく口を開けていた闇の深淵も見えてしまう。

自分たちは今、底なしの闇の上に張りめぐらされたロープを、そろそろと渡っていると思う。ロープの端は見えないけれど、それはどこかの頑丈な柱に「もやい結び」で結ばれているのだろう。ロープにはところどころにきれいな結び目がつくられていて、それはロープ同士をつないで延長したあとだった。まるで「リーフノット」や「サージェンズノット」など、様々なロープの結び方を知っている羽田が縦横に飛び回ってつくったように感じられた。

あたしたちが落ちないようにつくられた、ロープのセーフティネット。でも、権田さんは、その隙間に落ちてしまった……。

小春は下を向いて慎重に歩を進めた。同じようにうつむいて歩いている田丸がちゃんとロープの上にいるか時々確認する。それぞれ自分の思いのなかに沈んでいて、小春がだれかにぶつかってよろけたときには、もう駅の南口まで来ていた。

「……田丸さん、大丈夫?」

駅の照明に照らされた田丸の顔があまりに白くて、小春は思わず聞いた。田丸はまばたきし、こくりとうなずいた。が、消耗が激しいのか、どこかすさんだように見える。小春は胸が痛んだ。彼は権田が落ちた場面を見てしまったのだ。

「また、ガラス、できる?」

田丸は眉をしかめ、鋭い顔つきで黙りこくった。長い間のあとで、一瞬口元がゆがんで笑いだすかと見えたが、ちがった。

「む、無理です。できないです……」

そう言うなり、ぽたぽたと涙を落とした。そして、全身に力をこめてしゃくり上げた。


権田の火葬が行われたのは、事故の二日後だった。やはり遺族の意向で、サエキの人々は参列することができなかった。

その日は、薄曇りでも、屋外にただいるだけで汗がしたたるような蒸し暑い日だった。権田のあとを引き継ぎ、西新宿のビルの責任者として作業をしていた武田は、火葬が行われる時間に休憩時間を合わせ、ほかの作業員とともに屋上のヘリポートに立った。そして火葬場のある落合の方向に向かい、一分間黙禱した。羽田も、黒沢も、近藤も、八屋も、苅田も、栗原も、野村も、保坂も、ほとんどだれもが——権田をよく知っている者も知らない者も——、その日のその時刻、都心のそれぞれの現場で黙禱を捧げた。

小春はそのときアパートにいた。事故の翌日から、会社には「体調不良」と伝えて休んでいた。ずっと眠れなかった。からだに力が入らず、やる気というものが根こそぎどこかへ消えてしまった。それでも、火葬の日の十時十五分を、小春は正座して迎えた。会いにいくことがかなわなかった彼女には、できることはそれしかなかった。

つむったまぶたの裏に、権田の亡骸（なきがら）が炎につつまれる光景がちらりとよぎる。この世との接点であるからだがなくなり、ほんとうに権田がいなくなるのだと思ってみるけれど、やはり実感が追いつかなかった。生きてることと死んでることのちがいすらあいまいに思えてくる。ただ、高校時代に仲のよかった友だちが母を亡くしたとき、葬儀のときに言っていた言葉が今になって頭に浮かぶのだった。その友だちは赤く腫れぼったくなった目をしながら、それでも笑って言っていた。——今まで「絶対」なんてないって思ってたけど、死んでしまった人とは、もう「絶対」、会えないんだね。

権田さん。

小春は暗がりの奥に向かって念じた。

もしまだこの世のどこかにいるなら……、からだがなくてこの世界を感じることができないというのなら、あたしのからだを使ってください。あたしの目で見て、あたしの耳で聞いて、あたしの手を使って、この世界を好きなだけ味わってください。

しばらくして立ち上がろうとすると、食べていないせいか目のまえが一瞬暗くなった。とっさに近くにあったテレビに手をついて、からだを支える。目をつぶって頭に血の気がもどってくるのを待ちながら、小春は、権田さんは、この立ちくらみで頭のなかが重く涼しくなる感覚も、正座して足がしびれる感覚も、もう感じられないのだと思う。息を吸うと空気が鼻孔の奥を通って肺とお腹をふくらます感じも、まばたきしたとき上下のまぶたがふれあう感触も、窓から差し込む光に一瞬目が細まる感じさえも。あたりまえすぎていちいち気づかない、どうでもいいようなことのすべてが、もう。

三日間の休みの間、彼女はただただ部屋にいて、権田の死のことを想っていた。せめて彼の死そのものを感じたいと願っていた。抱きしめて頬ずりするように、ソレに寄り添いたい。しかし、どれほど思いつめても、ソレはまるで逃げ水のように、とらえようとした瞬間にするりと見えないからだをかわしていった。追いかけても追いかけても、つかまえられない。気がつくといつも、少しだけ先のほうでうずくまっている。自分のからだのなかではひっきりなしにどこかの細胞が死んでいるはずなのに、ふだんからソレとともに生きているというのに、なぜ、考えだすと何ひとつわからないのか。もどかしくて叫びだしそうになった。

遺された奥さんと子どものことが、会ったこともないのになぜか度々思い浮かんだ。いつの間にか、奥さんや子どもの気持ちになって泣いていることもあった。けれど、権田の仕事に理解のなかった奥さんでも、こんなときは彼をひとりじめにできるということに、激しい嫉妬を抱いたりもした。たった一回、この胸にふれただけで逝ってしまうなんて。あの夜から消えずに残ったままの権田の手の熱を感じながら、うらめしく思うこともあった。感情が散り散りになっていた。飛散して床に散らばった感情が、あちこちで勝手に嘆いたり怒ったりしていた。

疲れきって横になっていると、自分はこれからどうするのか、という問いが浮かんできた。「自分の未来を殺してる」と河野に言われてからずっと心に引っかかっていた問いが、今回はいやに重みを増して迫ってくる。

だったらあたしは何になりたいのか。甘いものが好きだから、パティシエをめざす？　洋服が好きだから、お気に入りのショップの店員に？　それとも映画が好きだから、予告編をつくるとか、映画業界にたずさわる人に？　あれこれ考えてみるけれど、選べない。「可能性は無限にある」と人は気安く言うけれど、なりたい度合いがどれも同じなら、つまりは何もないのと変わりなかった。

窓拭きは——、とりあえずまだやるだろうと思う。しかし、それをほんとうに自分の職業とするかどうかもあいまいなのに、このままなんとなくつづけるのがいいことなのか、わからない。そこで考えはまた、じゃあどうするのかという振りだしにもどる。

答えはでないまま、火葬の翌々日からまた働きはじめた。からだを動かしていないと、自分がどんどん思わしくない方向へはまり込んでいく危うさを感じていた。

おおむね、日々は以前と同じようにすぎていった。

はじめのころは、みんななんとなく言葉少なだった。自分もいつ権田のようになるかわからない、という恐れが、彼らの言葉や態度の端々にうかがえた。朝礼をせず、横柄にふるまっていた責任者が、人への接し方をあらためて朝礼もするようになったとも小春は聞いた。それがやがて、これまでどおり、だれかの噂話や卑猥な冗談を言い合うようになっていくのだが、小春にはそれはまだ、あえてふだんどおりにふるまおうとする心の働きと感じられた。恐れて萎縮すればかえって危ないという判断は、彼女にもよく理解できるのだった。

権田の死が会社のみんなにもたらしたものは大きい。しかし、危険の上に成り立った仕事をしながら、人ひとり死ななければそれがわからなかったのかと思えば、怒りとともに無念でたまらなくなる。

「権田さんの死をムダにしてはいけない」。緊急会議のときに三原はそう言った。ほかの責任者も口にした。その言葉に小春は違和感をおぼえる。たしかに、また重大事故が起きたら、ほんとうに権田の死はなんの意味もなくなるだろう。でも、「死を役立てる」ってなんなのか。権田さんは決して、だれかのために、会社のために死んだわけじゃない。死は、死。それだけだ。その痛ましさを、何か別のものに昇華して打ち消すなんて、おかしい。

何があっても、まえに向かっていつもの日常を送ろうとする、それが生きものの力なのだということは、小春にも感覚的にわかるし、共感できる。けれど、権田の事故のことが次第にたんなるネタとして話されるようになると、彼女のなかにある疑念が生まれるのだった。みんなはもう、権田が言っていたように、「生きてることが当然だ」と思いはじめているのではないか、と。

生きてる人間は、傲慢だ。あの人は死んで、自分は生きている。ただそれだけで、あたしたちは心のどこかで、優越感を感じているんじゃないか。遺族以外、死んだ人のことは、結局は他人事(ひとごと)でしかないんじゃないか……？

　そう思う彼女自身、仕事にでるようになってから、時間になれば空腹をおぼえ、家に帰れば風呂に入ってさっぱりとし、なんとなくつけていたテレビのお笑い番組にいつの間にか笑っていた。あれだけ悲しみに暮れたのに、とくに乱れもなく生理もやってきた。事故の日から止まったと思われた時間は、からだのなかでは否応なく流れていた。それ以来彼女は、権田のことをだれよりも想っているふりをして、実はていよく裏切りつづけているのではないかという、自分に対する不信を抱え込むようになった。生きていること自体が、うしろめたかった。

　そうしてひと月ほどたった。小春は苅田が責任者をつとめる田町の現場で、ゴンドラ作業をしていた。ロープ作業は事故のあとから一度もやっていない。噂によれば、会社の方針でベテラン以外はロープをやらせないことになり、さらにロープ作業のある現場はどんどんほかの協力会社に引き渡しているということだった。

　その日もノンストップのガラス清掃だった。かつてのようにいちいちつまずくことのなくなった小春はそれを淡々とこなしていた。下降しながらのかっぱきを終え、ケージを上昇させているときだった。

「あの事故のせいで、受注がきまりかけてた大きな現場、二十件くらいなくなったみたいだねぇ」

　ボタン操作をする苅田の右にいた、神山という五十代の男が言った。彼は以前、会社のそばにある高級ホテルを受け持つ責任者だったけれど、ホテルの屋上で小便をしていたところを保守管理の人間にみつかり、責任者からヒラの作業員におろされていた。本来ならクビだが、今の会長が社長だったころからの古株だったため、どうにかそれはまぬがれたらしい。

「そうらしいっすね」茹田が応えた。「でも、またべつの現場がたくさんふえてるみたいっすよ。驚きますよね、人の数は減ってるってのにね。田丸も辞めたし」

「ああ、やっぱ辞めたんだ、あの前張りクン」

「いやいや、下張りクンだから」

「ハハ。しかしねぇ、会社はロープを新しいのに買い替えてくれたけど、現場ふやしつづけるとこは、まったく変わってないよな」

「なんでも、あれから羽田さんが会社の体質のこと、社長とか会長に面と向かって批判するようになったらしいっすよ」

「ああ、聞いた。そしたらあの若社長は、こんな不景気なときに仕事があることを、ありがたく思わないのかって言ったらしいね。君だって、仕事があるからウチに来たんだろうって」

「そう言われたら、おれら何も言えないっすね。おれら、砂糖にたかるアリみたいなもんだから。砂糖をくれる人間には、へいこら頭を下げてしたがうしかないんだから」

「ハハハ、そうだなぁ。やっぱ、ゼニがいちばんだよなぁ。羽田さんもおとなしくしてればいいのに、自分から会社いづらくしちゃったよね」

「そうっすね。いくら羽田さんでも、ロープ現場減ったら、ますます居場所なくなるわけっすから」

ふたりの会話が不愉快で、小春は自分がやった窓の両脇にたれた水滴を黙々とウエスで拭いていた。ノンストップでも、しっかり手直しすればきれいになるのに、神山はよほど腕に自信があるのか、仕上がりを確認しようともしなかった。苅田も責任者なのに、話にばかり気をとられている。

上を見上げると、神山が拭いたガラスの表面には、埃がとりきれずに残ったかすれがまだら模様をつくっていた。シャンプー棒でガラスをちゃんと濡らしていないと大体そうなる。ウエスで拭いただけではどうにもならず、もう一度ぜんぶ上からかっぱかないと無理だと思ったため、いちいち伝えなかった。小春はしかし、そういう今の自分のような事なかれ主義が積み重なってあの事故が起きたのではないかと、暗い気持ちになる。

「そういえば、またあのクラウドビルで、うちらやるみたいだね」

神山が言った言葉に、小春のからだはピクリと反応した。苅田が「マジすか」と驚く。

「やるんすか、おれらが？　あんな事故起こしたのに？」

「昨日会社行ったら、三原さんがそう言ってたよ。ちゃんと上張りつけて、お互いロープセットを確認し合うようにすることで、管理会社の了解をもらったって」

「へぇえ。そこまでしてつづける現場なんすかねぇ」

「いや、あのビルって、水井不動産グループの、うちが持ってる唯一のビルでしょ？　菱山グループと角倉グループの現場はたくさんあるけど、水井は一個だけ。だから、いずれ水井グループにも食い込みたいうちとしちゃ、手放せないのよ」

「……なんですか、それ」小春は声を吐きだした。

「それって、権田さんが死んだことを、なかったことにするのと同じじゃないですか！」

仕事が終わったあとで、小春は羽田の携帯に電話した。そして、クラウドビルで作業が再開されるのかどうかを確認した。羽田は「またはじまるよ」と浮かない声で答えた。

「なんでですか？」小春は昂りを抑えきれない。

「おかしいじゃないですか。それはもちろん、みんなの仕事ぶりが相手に認められた、ということもあるかもしれないけど、補助ロープが切れたんですよ？　そんな安全管理しかしてこなかったうちが、どうしてまた仕事ができるんですか？」

「それはね、小春ちゃん」

携帯越しに、ため息まじりの羽田の声が聞こえてきた。

「おそらく会社が、あの事故を、クマさんひとりの責任にしちゃったんだよ」

「権田さん、ひとりの？」

「うん。個人的なヒューマンエラーとして説明して、相手を安心させたんだ。それしか考えられないよ。だから、これまで死亡事故がなかったっていううちの大きな売りがなくなっても、クラウドビルがまたはじまって、ほかの現場もどんどんふえてるんだよ。……まぁ、お客さんとしては、うちの安全対策が本物かどうかより、安さがいちばんの魅力なんだろうけど」

「そんなの、そんなの許せません。どうしてそんな……」

小春は声を震わせ、唇を噛んだ。羽田は「わかるよ」と同情のこもった声で応えた。

「小春ちゃんが怒るのは正しいよ。だけど、それを上の連中にぶつけるのはやめたほうがいい。あの人たちには、哲学なんかない。この国のオヤジ連中と同じで、ただただこれまでどおり成長しつづけることしか頭にないんだ。何言われたって、考えは変わらない。言えば、ぼくみたいに、クビを匂わされて邪魔者扱いされるだけだよ」

「それでもかまいません」小春は言い切った。

「邪魔者になって、クビにされたって、言いつづけます。言わなきゃ、そういう人たちは、これでいいんだって思うだけだから」

羽田は笑った。

「ぼくと一緒に闘いますか?」

「ハイ」

「仲間はぼくらだけかもしれないよ?」

「それだっていいです」

それから小春は、クラウドビルでの作業が再開される日に、自分もメンバーとして加えてほしい、と羽田に頼んだ。理由を聞かれ、小春は答えた。

「あたしにも、よく、わかりません。でも、これからも窓拭きをつづけるなら、権田さんがやり残した窓を拭いてからでないと、まえに進めないような気がするんです」

少しの間、考え込むように黙っていた羽田は「ひとつ、聞いていい?」と言った。

「小春ちゃん、クマさんのことが好きだったんだね?」

おそらく、事故直後の自分の様子を黒沢に聞いたのだろう。小春は答えるのにためらわなかった。

すべて了解したというように「わかった」と羽田は言った。そして、「クラウドビルに小春ちゃんが入れるように、ぼくが手配するから」と約束した。

五時半にセットした目覚まし時計が鳴った。タオルケットにくるまっていた小春は時計のベルをとめ、すぐ起き上がらずにそのまま横になっている。どこかで鈴を打ち鳴らすように小鳥がさえずり、カーテンの生地を透かしてもう外の日差しが部屋をほの明るくしていた。ベルが鳴るだいぶまえから目は覚めていた。クラウドビルの作業再開の日。今日はひさしぶりのロープ作業になるだろう。小春はゆっくりと静かに深呼吸をくり返し、気持ちが整ったところでからだを起こした。

軽くシャワーを浴び、ドライヤーで髪を乾かしている間にお湯をわかし、最近毎日食べるようになったイングリッシュマフィンをトースターで焼く。いつもの手順ででかける準備をしていると、小春は自分の気持ちが不思議と静まっているのに気づく。軽い緊張と無心が調和した、神聖なものをまえにしたときのような心地。——大丈夫。そう小春は心でつぶやいた。

清掃道具の入ったバッグを背負ってアパートをでる。容量が六十リットルの大きなバッグは、彼女の背中と尻を全部覆っていて、そのうしろ姿はどこかヤドカリを思わせる。日差しはまだ七時すぎだというのに、溶けたとろとろのゼリーのように地上を覆っていた。風はほとんどない。今日もまた暑くなると覚悟しながら、去年、はじめてガラス屋の人と遭遇したのは、ちょうどこんな朝ではなかったかと思う。あのときロープで下りてきた男が権田だったのか、なぜもっと早く本人に確認しなかったのだろう。

集合場所になっているクラウドビルの隣りにある駐車場に着くと、ハイエースの運転席にいた水谷は小春の顔を見るなり、

「あれ、なんでお前来たんだよ」

にやにや笑って言ってきた。それは冗談のつもりらしかったけれど、水谷が言うとただの嫌みにしか聞こえない。調子を合わせるのも面倒に思え、「指示されたんで」とそっけなく応えた。やっぱりこの人は、不必要にこちらを消耗させる。

「今日、ロープですか？」小春が聞くと、

「ああ。お前は一日下張りな」

「え……」

言葉を失った。それは予想できないことではなかったけれど、すっかりロープをやるつもりで来た小春は、すぐに受け入れることができなかった。

「あの」

「なんだよ」

「あたし、ロープやりたいです。やらせてください」

水谷の顔がみるみる不機嫌になっていった。そしてたてつづけに煙草をふかしながら、

「おめぇなめてんのか。無理にきまってんだろバカ。人が死んでんだぞ」

どうすることもできなかった。絶望的な気持ちでハイエースのうしろにバッグをおろし、しゃがんで仕事の準備をしていると、「おはよう」「はよーっす」と羽田と黒沢がやってきた。小春が挨拶を返すと、

「おいおい、朝から泣いてんのか?」黒沢が言った。

「泣いてないです」

「なんかあったの?」

羽田に聞かれ、小春は精一杯の笑顔で「なんでもないです」と答えた。言ったら、羽田は水谷を説得しようとするだろう。そうすれば水谷は、ますます不機嫌になるだろう。

「うっす」。いつもほとんど無表情に近い近藤が来て、「サエキのルパン三世」がそろう。彼らのだれかが権田さんが拭いたあとをしっかりつないでくれるなら、それでもいいと小春は思い直す。それに、こんな豪華メンバーのロープを一度に見られるなんて、なかなかない。

少しして武田がやってきた。武田はゴンドラ組でも、ロープも難なくこなすから呼ばれたのだろうと小春は思う。とくに落ち込んでいるふうには見えない。ただ、彼女を見て「よぉ、ひさしぶり」と言ったけれど、おどけてみせることはなかった。

「来たかよ、坊主頭め」黒沢がからかうと、

「黒沢さんも坊主じゃないっすか」

笑って言い返した。武田の笑顔に小春はホッとする。そして、ここで彼に会えたことが、なぜかうれしかった。

八屋も到着した。ロープの重鎮たちがそろったことに気圧(けお)されているのか、あいかわらず

おどおどしていた。

だからなのか。この日、朝から刺々しさを全開にした水谷は、八屋を標的にした。八屋が缶コーヒーをハイエースの床にこぼすと「ざっけんじゃねぇよ、拭いとけよそれ」と声を荒げ、ロープガードが車内に見当たらなくて八屋がゴソゴソ探していると「ほら、そっちじゃなくてこっちにあんじゃねぇか、お前なんで聞かねんだよ、ホンットぼんくらだなぁ」と罵倒した。水谷自身、事故現場での作業再開に緊張して昂っているのだろう、彼の神経が最大限に張りつめた感じが、車の外にいる小春にもじかに伝わってくるのだった。自然と、こちらの気持ちもかき乱され、鼓動が速まってくる。たまらなかった。事故当日の朝も、こうやって田丸を責め立てたと聞いていた。

小春は運転席のドアを開け、水谷に言った。

「水谷さん、叫ぶの、やめてください」

「あ?」

水谷は鋭い目つきで見返してくる。一瞬ひるんだものの、再度言った。

「そうやってピリピリしてわめくの、やめてくれませんか。そういうのが、事故につながるんです。まだわかんないんですか?」

「ハア?　事故につながるだ?　お前何が言いてんだ。おれのせいで権田さんが落ちたってのか?」

水谷は本気で怒りだした。小春はそのつもりで言ったのではなかったけれど、はからずも水谷がいちばんふれられたくない部分を突いてしまったようだった。

「ざけんじゃねぇぞ。あのボケがミスって落ちたせいで、迷惑してんのはこっちなんだよ。おれぁ被害者だ、責任なんか一切ねぇよ！」

あのボケ……？　小春は耳を疑った。思わず水谷に向かって声を上げそうになったとき、いきなり背後からだれかの腕がのび、水谷の胸ぐらをつかんだ。武田だった。武田は水谷を力ずくで運転席から引きずりだし、コンクリートの床に引き倒した。そして水谷の上に馬乗りになって、

「だれがボケだ、あ？　だれがボケだって？　もっぺん言ってみろやコラァ！」

怒気を剝きだしにした武田を、黒沢が「やめろって」とうしろから強引に引き離す。武田はおさまらず、「黒沢さん、こいつぶん殴っていいすか、殴っていいすか！」猛り狂ってわめき散らした。黒沢はしかめ面をして、

「やめろっつってんだろ。殴るなら、おれが先に殴る」

倒れた水谷の周りをいつの間にか全員で取り囲むかたちになっていた。水谷はからだを起こし、荒い息をつきながら「なんなんだよ……」とつぶやいている。

「おい、水谷、ふざけんのもいい加減にしろや。毎回毎回、どこまで雰囲気ぶち壊しゃ気ぃ済むんだ？」

黒沢が言った。すると羽田が「水谷さん」と静かに口を開いた。

「自分に責任がないって、どういうことですか」

「ないから、ないって言ってるだけっすよ」

「そう。あの会議のときぼくは、自分の現場で死亡事故にあった水谷さんの気持ちを思って

言わなかったけど、あの日、水谷さん、作業直前にクマさんに言ったそうだよね。『もう歳なんだから、無理しないでゆーっくりやってね』って。ぼくは先にロープ下りてたから聞かなかったけど、八屋さんがそれ聞いてた」

八屋はこわごわながらうなずき、「聞きました」と言った。「権田さんは黙ってましたけど」。水谷にみんなの視線が注がれ、彼はそれを避けるようにうつむいた。

「この窓は、そんなにロープを振らなくてもできる大きさだろ。クマさんのからだの大きさなら、なおさら、振らなくたって端まで届く。それを、クマさんは、ロープガードが庇に乗っかるぐらい振ってた。それって、水谷さん、どう思う？　おかしいと思わないか？」

「急いだか、気負ったか」

答えない水谷に代わって、黒沢が言った。

「あのクマさんらしくねぇけどな」

「…………」

「何があったのか、ほんとうのところはわからない。でも、責任のない人間なんて、ひとりもいないんだよ。会社のやり方にしたがってきたみんなが、それぞれ責任を負ってる。水谷さんだって、ホントはそれ、わかってんだろ？　わかってんのに、逃げてんじゃないのか？　責任者が責任感じなくて、どうすんだ？」

「……何が責任者だよ」水谷が吐き捨てるように言った。

「え？」

「ただの日雇いとなんも変わんねぇのに、責任者やらされて。ちょびっと手当もらっただけで、人が生きるだの死ぬだの、そこまで面倒みれるかよ。じゃあ羽田さんは、面倒みれますか？」

「ぼくだって無理だよ。でも、やるからには、仲間の生き死にを預かってるっていう意識は、いつも持ってるよ」

「おれはもう、やりたくねぇよ」

水谷はふいに、悲痛な声をもらした。

「こえーんだよ。あんときから、人使うのもロープやんのも恐くて仕方ねぇんだよ。家帰ってチビの顔見るたびに、おれが死んだらこいつはって、たまんなくなる。それが毎日だよ？……なんだってまたここなんだよ。ここでやんなきゃなんねぇんだよ」

両手で頭を抱えて動かない水谷をまえに、だれも何も言えなかった。その場にいただれもが、水谷の弱音をはじめて聞いたのだった。すると、これまで黙っていた近藤が「おらだってこえぇよ」とぼそりと言った。

「さきたっから膝、震えでらおん」

「ぼくも」羽田が応じた。「軽く吐き気がする」

「みんなそうだぜ」黒沢がうなずき、「水谷よ」と言った。

「今日の仕切りは、羽田さんにやってもらえよ」

水谷は黙っていた。が、やがてのろのろと立ち上がり、口元にひきつった笑みを浮かべて「そうしてもらうよ」と言った。それからなぜか、荷台から自分のバッグを抱えだし、かついで駐車場からでて行こうとした。

「おい、どこ行くんだよ」

黒沢が呼びかけた。水谷はぼんやりと振り向き、

「帰ります。おれがいたって、しょうがねぇから」

「ハア?」

「帰っちゃ、ダメです」

小春はとっさに、そう声を上げていた。

「一緒にやらないと」

驚いている水谷に、小春はさらに訴えた。そのときの彼女には、もう、自分がまだ一年にも満たない新人だという引け目はなかった。

「権田さんは、みんな仲間だって言ってたじゃないですか。みんなで、今日一日の窓、拭かないと。権田さんがやり残した窓、拭かないと」


ほんの一瞬、風がつよく吹きすぎていった。こめかみから頬をつたい落ちていく汗が冷やされる感じに、小春はそのときはじめて、風が吹いていたのだと気づく。

羽田や黒沢らが見守るなか、ロープとブランコ板はセットした。セットに不備はないか、上張りの水谷とともに指さし確認も済ませた。あとは乗り込むだけというとき、念押しのつもりで振り返って見やったロープの結び目に、彼女は一瞬気をとられたのだった。もやい結びの丸く入り組んだかたちが、ふいに《解けない謎》そのもののように見えたのだ。

権田がワンフロアにつき二枚ずつ拭いた窓を、事故後はじめての作業ということもあり、

慎重を期して羽田と小春で一枚ずつ拭く。小春がロープをやるのは午前中だけで、午後からは下張りを八屋と交替する。ロープの上張りは、ロープをよく知っている者がやるべきだから、水谷が一日その役目をになう。羽田はそう作業の指示をだしたのだった。水谷はもう、逆らうことはなかった。

小春はふっと息をつき、からだを屈めてパラペットの上にのった。両膝をつき、左手でメインロープをつかむ。そして、右手をビルの壁に沿って下ろし、シャックルの下の部分のメインロープをにぎった。が、ふいにそこでからだが固まった。この下で権田が落ちたというイメージが、吹き上げてくる突風のように彼女をとらえたのだ。さっきまで視界に映り込んでいた地上の景色がふっつり消え、あの夜足元に見えた、黒々した深淵が口を開けている。そこにはロープのセーフティネットはなく、頼れるのは自分がつかまったメインロープと補助ロープしかない。その二本のロープの先は、深淵の奥に飲み込まれて見えなくなっている。

鼻先に自分の心臓の鼓動を感じた。顔のまえに透明な心臓があって、トットットットッと脈打っているように思える。気がつけば、ロープをつかんだ手も震えている。どうしてこう、からだは自分を裏切るのか。

「どうした、小春ちゃん。恐いか?」

右手にいる羽田がおだやかに声をかけた。

「恐くてあたりまえだよ。からだはぼくらに、いちばん大事なことを伝えてるだけなんだ。だから、そんなときは、『恐い』っていう自分の気持ちを、まず受け入れてあげるんだ」

「………」

「それで、ゆっくり息を吐いて、呼吸を整える。あとは、今までやってたとおりにやればいい。そう、そうやってシャックルの下をちゃんとにぎっていれば、落ちない」

「……ハイ」

「大丈夫。あのやさしいクマさんが、見守ってくれてますよ」

その言葉で、からだのこわばりがほうっとほどけていく感じがした。小さくうなずき、息をゆっくり吐いて、彼女はもう一度、左右の手のなかのロープをにぎり直す。そう、今までどおりに。習った手順どおりに。あの焼き鳥屋で権田が見せた、ヒゲ面のおっきい笑顔が思い浮かんだ。心のなかで彼女は、見ててください、と語りかける。

今のあたしには、これしかありません。ロープをやってる間だけ自由になれるこの感じを……、生きてるって感じを、手放したくないんです。

小春は左手でメインロープにしっかりつかまりながら、下半身を屋上の外へとすべらせた。その瞬間、頭の片隅で、自分のやりたいことはもうとっくにみつかっていたのだと理解した。

ビルのてっぺんから小春と思われるちいさなからだが現れ、ブランコ板に腰かけたのを、田丸は通りを挟んだ歩道から見ていた。今日、このビルで作業が再開されるということを、小春がまえの晩、わざわざ電話で伝えてくれたのだった。

すぐに羽田と思われる人影が、小春の右隣りに追うように現れる。途中までは権田がすでに拭いたはずだけれど、事故からひと月以上たってすでに埃が付着していたためか、ふたりは最上階の窓から並んで拭いていくのだった。そうして、権田が手がけた痕跡は消され、窓は一新されていった。

呼吸が苦しくなった。近くにあった、葉をいっぱいに繁らせた街路樹に手をつき、そのましゃがみ込む。つむったまぶたの裏にあのときの光景と音が断片的によみがえってきて、震えがとまらなかった。「地上を守る番人」と自分に言ってくれた権田に、いちばん自分のことを認めてくれた人に何もできなかったという自責がまたこみ上げ、彼は思わず「ごめんなさい」と声をもらしていた。「ごめんなさい。ごめんなさい……！」

こうしてはいられないという切迫した思いに駆られた。「逃げて」。そうつぶやきながら、蒼ざめた顔を上げ、目のまえのガードレールに手をかけた。

すると、見上げた彼の視界に、小春と羽田の右上に新たに三つの人影が映った。すぐにはだれだかわからなかったが、それは屋上から今下りたばかりの黒沢と近藤と武田だった。三人はよどみなく、ガラスをかっぱいてはスッ、スッと下りていった。

田丸はそのとき、三人が小春と羽田に追いついてほぼ横一列に並んだ光景に目をみはったまま、動けなくなった。

落滴――。そう見えた。

ロープを操って下りていく彼ら五人の姿が、「永遠」を思わせる湖面の上をまたたく間に転げ落ちていく、ただの落滴に見えていた。

「幼な子の聖戦」
参考文献&ＣＤ
ジェラルド・カーティス『代議士の誕生』（山岡清二、大野一訳／日経ＢＰ、二〇〇九年）
ＣＤ『新郷村 ナニャドヤラ 完全版』（企画・制作／新郷村ふるさと活性化公社）

「天空の絵描きたち」
取材協力
白鳥淳一郎
参考文献
善養寺ススム『ロープワークの基本』（椎出版社、二〇一一年）

初出
「幼な子の聖戦」　「すばる」二〇一九年一一月号
「天空の絵描きたち」　「文學界」二〇一二年一〇月号

本書はフィクションです。
収録に際し、加筆・修正を行ないました。

木村友祐（きむら・ゆうすけ）
一九七〇年、青森県八戸市生まれ。日本大学芸術学部文芸学科卒業。二〇〇九年『海猫ツリーハウス』で第三三回すばる文学賞を受賞しデビュー。著書に『聖地Cs』『イサの氾濫』『野良ビトたちの燃え上がる肖像』『幸福な水夫』などがある。

幼な子の聖戦

二〇二〇年　一　月三〇日　第一刷発行
二〇二〇年　二　月二九日　第二刷発行

著　者　木村友祐

発行者　徳永　真

発行所　株式会社集英社
〒一〇一―八〇五〇　東京都千代田区一ッ橋二―五―一〇
電話〇三（三二三〇）六一〇〇［編集部］
〇三（三二三〇）六〇八〇［読者係］
〇三（三二三〇）六三九三［販売部］書店専用

印刷所　大日本印刷株式会社
製本所　大日本印刷株式会社

ISBN978-4-08-771709-9 C0093
定価はカバーに表示してあります。